Wehrt Euch!

Starker Tobak in der

Edition BoD
hrsg. von Vito von Eichborn

Rainer Kahni
genannt
Monsieur Rainer

Wehrt Euch!

1. Eine Streitschrift gegen Willkür und Unrecht
2. Wir sind das Volk und verlangen eine legitime Verfassung.
3. Gegen den Parteienstaat, für eine wahrhaftige Demokratie

Rainer Kahni, genannt Monsieur Rainer, schreibt zeitgeschichtliche Dokumentationen und Politthriller, die auf tatsächlichen Ereignissen beruhen. Mit diesem Buch schließt er nahtlos an seine beißenden Sachbücher STAATSSTREICH VON OBEN (2006) und DIE TOTENGRÄBER DER DEMOKRATIE (2011) an. In dem kleinen Manifest WEHRT EUCH! steht alles, was der zornige Bürger wissen muss!

Vito von Eichborn war Journalist, dann Lektor im S. Fischer Verlag, bevor er 1980 den Eichborn Verlag gründete, dessen Programm noch heute ein breites Spektrum umfasst: Humor, Kochbücher und Ratgeber, Sachbücher aller Art, klassische und moderne Literatur sowie die Andere Bibliothek. Nach seinem Ausstieg im Jahre 1995 war er u.a. Geschäftsführer bei Rotbuch / Europäische Verlagsanstalt und sechs Jahre Verleger des Europa-Verlags. Seit 2005 ist Vito von Eichborn selbständig als Publizist tätig und fungiert u.a. seit März 2006 als Herausgeber der Edition BoD. Weitere Informationen unter www.vitolibri.de.

Meine Buchhändlerin sagte mir, „ja", sagte sie, „ …

„Ja, politische Sachbücher sind durchaus gefragt – aber nur, wenn sie nicht langweilig geschrieben sind. Die Unzufriedenheit mit gesellschaftlichen Ungerechtigkeiten wächst. Und die ökonomische Krise wie die Diskussion um den Euro verlangen nach Aufklärung. Ein Signal wurde ja der Weltbestseller ‚Empört Euch!' von Stéphane Hessel. Was nun bewegt diesen Autor?"

„Das war das richtige Stichwort – Rainer Kahni greift Hessels globalen Aufschrei gegen den Finanzkapitalismus auf und überträgt ihn auf deutsche Verhältnisse. ‚Wehrt Euch!' hat das Zeug zu einer deutschen ‚Fibel für Wutbürger'. Der Autor fordert nicht weniger als eine neue Verfassung …"

„Na, geht's auch eine Nummer kleiner?", unterbrach mich meine Buchhändlerin, wie sie das immer tut, „greift da ein Prophet nach den Sternen?"

„Natürlich weiß der Autor, dass sein Aufruf ein Pamphlet ist – also eine einseitige Streitschrift, die nichts anderes will als Hessel: Zum Kampf gegen wachsende Ungerechtigkeiten aufrufen. Dafür fasst er vielerlei Argumente zusammen, die in der Bevölkerung virulent sind und ja tatsächlich nach Veränderungen schreien."

„Also mal bitte konkret", forderte meine skeptische Buchhändlerin, „was passt ihm denn nicht? Was soll wie anders werden? Hat er Lösungsvorschläge?"

„Es beginnt damit, dass unser Grundgesetz vorläufig sein sollte und nie vom Volk beschlossen wurde. Statt einer Demokratie sieht Kahni eine Parteiendiktatur. Die Justiz sei politisch gegängelt, die Gewaltenteilung nicht gegeben. Die irrwitzigen Agrarsubventionen gingen auf Kosten der Dritten Welt, und Deutschland sei der Billigschlachthof Europas. Unsere Exporterfolge erfolgten auf Kosten der EU-Mitglieder, wir verdienten am Euro, und die Banken profitieren von der Missachtung der Menschenrechte in der Welt. Der Krieg in Afghanistan werde von den Parteien gegen den Willen der Mehrheit der Bürger geführt und ..."

„Das reicht!", fuhr mir meine kluge Buchhändlerin in die Parade, „aber da ist doch ganz offensichtlich viel Wahres dran. Diese schreckliche Jugendarbeitslosigkeit im Süden und die Macht der Finanzindustrie macht ja sogar eine Bürgerliche wie mich so ratlos wie empört. Und nun? Sind wir nicht hilflos dieser Kraft des Faktischen ausgeliefert? Was fällt ihm denn dazu ein?"

„Zunächst mal verlangt er eine verfassunggebende Versammlung. Das ist auch rechtlich durchaus denkbar, denn das Grundgesetz sollte ja wirklich nur vorläufig sein. Wir Deutschen sollten nun zum ersten Mal in unserer Geschichte selbst für eine Demokratie kämpfen. Und dann geht Kahni weiter – und entwirft tatsächlich gleich so etwas wie den Entwurf einer neuen Verfassung. Da werden Schulen und Unis dem Bund unterstellt, Waffenexporte sind verboten, Berufsverbände kennen keine Zwangsmitgliedschaft, jeder hat ein Petitionsrecht und Volksentscheide sind bindend. Beamte sind abgeschafft, die Bundeswehr wird umgebaut, und er schreibt auch gleich ein gerechteres Steuersystem hinein. Das ist zwar, zugegeben, alles sehr hoch gegriffen – aber es lohnt doch allemal, darüber nachzudenken, was hierzulande anders und gerechter geregelt werden sollte. Alles so laufen zu lassen wie bisher ..."

Ich brach ab, denn meine Buchhändlerin hörte nicht zu. Sie hatte mir das Büchlein aus der Hand genommen, las hier und da und meinte: „Stimmt ja, dass wir Wähler nix zu sagen haben" – und eilte zum Eingang, wo die Türklingel rief.

Als ich hinterherschlenderte, hörte ich sie zur Kundin sagen: „Also ich will mich jetzt mal mehr mit Politik befassen. Es liegt ja wirklich so vieles im Argen! Da gibt's ein Büchlein …"

Nämlich dieses hier – ein Buch, das vieles zusammenfasst, was uns eh klar ist – und uns nicht ohnmächtig lässt, sondern zum Handeln aufruft. Dem ich wünsche, dass es vielleicht ein bisschen wachrütteln oder wenigstens zum Nachdenken anregen wird.

Wollen wir nicht wirklich mehr eingreifen, statt uns alles gefallen zu lassen?

Sind wir Lämmer?

Vito von Eichborn

Inhaltsverzeichnis

Kapitel 1
Deutschland hat keine Verfassung 11

Kapitel 2
Deutschland ist keine Demokratie 20

Kapitel 3
Deutschland ist kein Rechtsstaat 30

Kapitel 4
Der Agrarwahnsinn 36

Kapitel 5
Was kostet die Meinung eines Politikers? 41

Kapitel 6
Die Komplizen der Despoten 44

Kapitel 7
Das Töten geht weiter 50

Kapitel 8
Die Totengräber Europas 53

Kapitel 9
Zeitenwende 57

Kapitel 10
Wie lange noch? 63

Kapitel 11
Die Bürger Deutschlands fordern eine Verfassung! 68

Kapitel 12
Die deutsche Verfassung 71

Kapitel 1

Deutschland hat keine Verfassung

Alle Welt spricht vom Grundgesetz wie von einer heiligen Kuh, als wäre es die Bibel zur Staatsreligion Deutschlands. Jeder Politiker trägt die „freiheitlich demokratische Grundordnung" wie eine Monstranz vor sich her und beruft sich bei jeder passenden und unpassenden Gelegenheit auf das Grundgesetz der Bundesrepublik Deutschland.

Sogar ihre Amtseide leisten die Politiker auf diese Bibel aller Deutschen. Freilich ist das keine besondere Kunst, denn dieser Eid ist nicht strafbewehrt. Man kann also jeden Meineid auf dieses Grundgesetz schwören, ohne dafür jemals juristisch belangt werden zu können. Vergisst jedoch ein armer Schlucker, bei der Ableistung des Offenbarungseides seine Hauskatze anzugeben, dann kann er sicher sein, dass ihm die Kavallerie der Justiz, die Staatsanwaltschaft, bis ins Eisfach nachgeht.

Wie kam dieses Grundgesetz überhaupt zustande?

Nach der fürchterlichen Katastrophe des Zweiten Weltkrieges setzten sich, auf die Weisung der Siegermächte hin, wohlmeinende und meist anständig gebliebene Männer und Frauen auf der kleinen Herreninsel im bayerischen Chiemsee zusammen und überlegten, welche Lehren aus diesem Desaster zu ziehen wären.

Natürlich waren die meisten Mitglieder dieses ersten Konvents noch im neunzehnten Jahrhundert geboren und geprägt durch die Erfahrungen des Kaiserreiches, der Weimarer Republik und des Dritten Reiches. All ihre traumatischen Erlebnisse brachten sie in diesen Konvent mit ein. Was dabei herauskam, war bewundernswert.

Die Väter und Mütter des Grundgesetzes der neu zu gründenden Bundesrepublik Deutschland brachten ein Grundgesetz zustande, das es so auf deutschem Boden noch nicht gegeben hatte. Es war gleichzeitig in alten Werten verhaftet und doch in vielen Punkten avantgardistisch. Dieses Grundgesetz hat mit allen ihren Veränderungen und Ergänzungen der Bevölkerung der neuen Republik über einen Zeitraum von sechzig Jahren ein Leben in Frieden und Freiheit beschert.

Allerdings darf nicht vergessen werden, dass die Initiatoren dieses Konvents, die Siegermächte, die Paten dieses Grundgesetzes waren. Es kam also nicht auf Wunsch des deutschen Volkes, sondern auf Anordnung der Siegermächte zustande. Das deutsche Volk wurde weder gefragt, ob es ein solches Grundgesetz haben wollte, noch mussten die Deutschen jemals für eine Demokratie kämpfen. Das Grundgesetz kam einfach über sie, die Bürger Deutschlands hatten gar keine andere Wahl.

Allen Mitgliedern des Parlamentarischen Rates war daher klar, dass dieses Grundgesetz nur ein vorläufiges Provisorium darstellte und nichts anderes war als ein ordnungsrechtliches Instrumentarium der Siegermächte des Zweiten Weltkrieges. Prof. Dr. Carlo Schmidt sprach daher im Sinne des Parlamentarischen Rates, als er im Jahre 1948 die Bundesrepublik Deutschland als „Staatsfragment" und das Grundgesetz ausdrücklich als Provisorium und nicht als Verfassung bezeichnete.

Dies ist auch der Grund, warum die Väter des vorläufigen Grundgesetzes den Artikel 146 in dieses Provisorium einfügten, der da lautet:

Dieses Grundgesetz, das nach Vollendung der Einheit und Freiheit Deutschlands für das gesamte deutsche Volk gilt, verliert seine Gültigkeit an dem Tage, an dem eine Verfassung in Kraft tritt, die von dem deutschen Volke in freier Entscheidung beschlossen worden ist.

Der Artikel 146 betont also den provisorischen Charakter des Grundgesetzes und beschränkt dessen Geltung bis zur Einheit und Freiheit aller Deutschen in einem wiedervereinigten Deutschland. Die Wiedervereinigung erfolgte im Jahre 1989. Haben die Deutschen nun eine Verfassung, wie es der Artikel 146 GG vorschreibt? Nein!

Spricht ein Politiker jemals von diesem Artikel 146 des Grundgesetzes, auf das er seinen Amtseid geleistet hat? Nein! Er wird sich hüten, weil diese vom Volk beschlossene Verfassung nämlich die Gefahr in sich birgt, dass die Ungleichgewichte, die sich im Laufe der letzten sechzig Jahre eingeschlichen haben, jäh beendet sein könnten.

Dass Schluss ist mit der sogenannten repräsentativen Demokratie, dass plötzlich plebiszitäre Elemente in die Verfassung Einzug halten. Dass die heutige Parteiendiktatur, die Diktatur des Kapitals, der Lobbyisten, der Medienzaren, der Finanzindustrie und der Wirtschaftskapitäne ein Ende haben wird oder zumindest an Einfluss verliert. Das Volk könnte sich auf seine Bürgerrechte besinnen und seinen Anteil am Kapital fordern. Es könnte verlangen, dass über Fragen der Daseinsvorsorge in Volksabstimmungen entschieden wird. Es könnte fordern, dass über die Abgabe von Souveränität an die Europäische Union das Volk zu entscheiden hat. Dass bei der Aufnahme von weiteren Mitgliedern in die EU die deutschen Bürger gefragt werden müssen.

Das alles ist Gift in den Augen der Politiker. Die Bundesregierung vertritt daher die Rechtsauffassung, dass eine Anwendung des Artikels 146 GG zwar möglich, aber nicht notwendig sei. Kenner des Grundgesetzes halten diese Aussage der amtierenden Politiker für einen Skandal! Das Grundgesetz sei, so die Kenner, „unstrittig nach besatzungsrechtlichen Vorgaben und nicht in freier Entscheidung des deutschen Volkes beschlossen worden". Das Grundgesetz ist ohne Zweifel zustande gekommen ohne die Mitwirkung der Deutschen, die in der damaligen sowjetisch besetzten Zone (SBZ) lebten und denen eine Mitwirkung am Grundgesetz versagt war. Sechzehn Millionen Menschen hatten also gar keinen Einfluss auf das Grundgesetz.

Der Artikel 146 GG sagt nichts darüber aus, in welcher Form die neue Verfassung zustande kommen muss. Am Nächsten käme man dem Wortlaut des Artikels 146 GG, wenn ein verfassungsgebender Konvent einberufen würde, der die neue Verfassung ausarbeitet und sie dann dem ganzen deutschen Volk zur Abstimmung vorlegen würde. Also ein Volksentscheid.

Verschiedentlich wurde schon versucht, den Artikel 146 GG beim Bundesverfassungsgericht einzuklagen. Das musste kläglich scheitern. Die Richter nahmen die Klage nicht einmal zur Entscheidung an. „Der Artikel 146 GG hat rein deklaratorischen Charakter", so die höchsten deutschen Richter. Wenn man weiß, wie diese Verfassungsrichter in ihr Amt kommen, dann versteht man auch, wessen Interessen sie vertreten. Sie werden von einem Richterwahlausschuss des Deutschen Bundestages, je nach Parteienproporz in ihre Ämter gehievt. Von

Wahl also keine Spur, sie werden in einem kleinen, weitgehend unbekannten Kreis, von Politikern benannt. Das zufällig bestandene zweite juristische Staatsexamen, den Professor bei der Promotion etwas verwirrt, in die richtige Partei eingetreten und dann kaufen sie sich eine rote Robe und glauben allen Ernstes, sie seien die Stellvertreter Christi auf Erden.

Die Politiker leisten ihren Teil, um dem Artikel 146 GG jede Geltung zu verweigern. Sie fürchten diesen Teil des Grundgesetzes wie der Teufel das Weihwasser. Ständig schmettern sie Petitionen nach Einberufung einer verfassungsgebenden Versammlung und einem Volksentscheid über eine Verfassung mit immer neuen semantischen Verrenkungen ab.

Das Volk könnte ja plötzlich von seinen demokratischen Grundrechten Gebrauch machen, wie sie in den Römischen Verträgen von 1950 und in der dazugehörenden Menschenrechtserklärung vom Jahre 1953 für die gesamte Europäische Union festgeschrieben wurden. Die politische Kaste und das sie tragende Kartell aus Kapital und Medien hat panische Angst vor dem Volk. Sie fürchten, dass sich der ganze Frust über die offensichtlichen Demokratie-Defizite und die ungerechte Verteilung des Kapitals in einem großen Volkszorn entladen könnte und die Besitzer des Kapitals und der Macht genauso hinweggefegt würden, wie es die mutigen Bürger der DDR mit der Vertreibung ihres Staatsapparates im Jahre 1989 vorgemacht haben.

Wie mit dem Grundgesetz von den amtierenden und schon abgetretenen Politikern umgegangen wird, das sie immer wie eine Monstranz vor sich hertragen und auf das sie jeden juristisch folgenlosen Eid schwören, wollen wir untersuchen. Artikel 146 Grundgesetz und die Frage nach der deutschen Verfassung beschäftigen Bürger und Verfassungsrechtler seit geraumer Zeit.

Das Grundgesetz ist ja inzwischen nicht gerade unproblematisch, denken wir an die europäische Integration. Fragen, die man lebhaft und konstruktiv diskutieren kann, zu denen man bessere oder reformierte Gesetze in eine neue Verfassung schreiben könnte, um nach der Einheit der Deutschen auch einen neuen Konsens herzustellen. Dass man das darf, als geeintes Volk, versichert Artikel 146 des Grundgesetzes und das war auch so gemeint von den Schöpfern des Grundgesetzes, als sie in die Präambel, sozusagen dem Vorwort mit juristischer Relevanz, schrieben: „Im Bewusstsein seiner Verantwortung vor Gott und den Menschen, von dem Willen beseelt, seine nationale und staatliche Einheit zu wahren und als gleichwertiges Glied in einem vereinten Europa dem Frieden der Welt zu dienen, hat das Deutsche Volk in den Ländern Baden, Bayern, Bremen, Hamburg, Hessen, Niedersachsen, Nordrhein-Westfalen, Rheinland-Pfalz, Schleswig-Holstein, Württemberg-Baden und Württemberg-Hohenzollern, um dem staatlichen Leben für eine Übergangszeit eine neue Ordnung zu geben, kraft seiner verfassungsgebenden Gewalt dieses Grundgesetz der Bundesrepublik Deutschland beschlossen. Es hat auch für jene Deutschen gehandelt, denen mitzuwirken versagt war. Das gesamte Deutsche Volk bleibt aufgefordert, in freier Selbstbestimmung die Einheit und Freiheit Deutschlands zu vollenden."

So stand es klar in der ursprünglichen Fassung der Präambel: „um dem staatlichen Leben für eine Übergangszeit eine neue Ordnung zu geben", „für eine Übergangszeit"! Jetzt ist die Übergangszeit vorbei, die deutsche Einheit hergestellt, alles hat sich einigermaßen eingespielt, das Grundgesetz ist nicht schlecht, aber auch nicht vollständig gut zu nennen, da logischerweise seine Schöpfer nicht voraussehen konnten, welche politischen Problemstellungen über sechzig Jahre später besonderen Regelungsbedarf entwickelt haben würden.

Übernehmen wir, was gut aus dem GG ist und fügen es in eine neue Verfassung. Diskutieren wir gründlich, was problematisch ist, fassen es in eine neue Verfassung und lassen anschließend das geeinte Volk darüber abstimmen. Eine wunderbare Idee, die einen richtigen Ruck auslösen könnte, einen erneuerten Grundkonsens aller Deutschen zu schaffen, Ausländern nicht mehr mühselig erklären zu müssen, warum wir statt einer Verfassung nur ein Grundgesetz haben.

Und jetzt kommt Frau Dr. Merkel ins Spiel, über die es in einem SPIEGEL-Beitrag zu jener turbulenten Zeit des demokratischen Aufbruchs heißt: „Und dann war da noch eine junge Frau in der Partei, sie wurde stellvertretende Regierungssprecherin." Inzwischen hat sie an Macht und Einfluss dazugewonnen und schreibt auch über Artikel 146 GG: „Durch den Beitritt der DDR zur Bundesrepublik Deutschland ist das Grundgesetz definitive und abschließende gesamtdeutsche Verfassung geworden, denn durch Beitritt und Einigungsvertrag ist über das Grundgesetz entschieden worden, die deutsche Einheit bedingt keine neue Verfassung."

Im Einheitsvertrag steht, dass die DDR zum Geltungsbereich des Grundgesetzes beitritt, und zwar zur Fassung des Grundgesetzes aus dem Jahre 1983, einer Zeit, als in der Präambel bestimmt war, dass das Grundgesetz für eine Übergangszeit gelte. Außerdem trat die DDR dem Geltungsbereich des Grundgesetzes bei, nicht dem einer künftigen deutschen Verfassung.

Die sogenannte „einigungsbedingte Änderung" der Präambel lautet aktuell: „Im Bewusstsein seiner Verantwortung vor Gott und den Menschen, von dem Willen beseelt, als gleichberechtigtes Glied in einem vereinten Europa dem Frieden der Welt zu dienen, hat sich das Deutsche Volk kraft seiner verfassungsgebenden Gewalt dieses Grundgesetz gegeben. Die Deutschen in den Ländern Baden-Württemberg, Bayern, Berlin, Brandenburg, Bremen, Hamburg, Hessen, Mecklenburg-Vorpommern, Niedersachsen, Nordrhein-Westfalen, Rheinland-Pfalz, Saarland, Sachsen, Sachsen-Anhalt, Schleswig-Holstein und Thüringen haben in freier Selbstbestimmung die Einheit und Freiheit Deutschlands vollendet. Damit gilt dieses Grundgesetz für das gesamte Deutsche Volk."

So wurde es mit dem Einigungsvertrag beschlossen, als einigungsbedingte Änderung. Artikel 146 gilt noch, in dem es heißt, eine Verfassung löse das Grundgesetz ab! Der Anhang EV (EV=Einigungsvertrag des Grundgesetzes) beruhigt, wie wir ihn ja noch bis auf den heutigen Tag dem Grundgesetztext angehängt finden:

„Die Regierungen der beiden Vertragsparteien empfehlen den gesetzgebenden Körperschaften des vereinten Deutschlands, sich innerhalb von zwei Jahren mit den im Zusammenhang mit der deutschen Einigung aufgeworfenen Fragen zur Änderung oder Ergänzung des Grundgesetzes zu befassen, insbesondere mit den Überlegungen zur Aufnahme von Staatszielbestimmungen in das Grundgesetz sowie mit der Frage der Anwendung des Artikels 146 des Grundgesetzes und in deren Rahmen einer Volksabstimmung."

Artikel 146 und damit zusammenhängend die Frage einer Volksabstimmung sollten allerdings auch in die Tat umgesetzt werden, immerhin sind seit der Einigung inzwischen zwanzig Jahre vergangen, das Zehnfache der empfohlenen zwei Jahre!

Dazu sagt Frau Dr. Merkel: „Einzelheiten hierzu ist den Begründungen zum Einigungsvertrag zu entnehmen. Bundestagsdrucksache 11/7760 insb. S. 358, 359 Satz 3 der Neufassung der Präambel stellt die Beendigung des in Satz 1, Satzteil 5 der bisherigen Präambel angesprochenen transitorischen Charakters des Grundgesetzes klar. Damit wurde das Grundgesetz zur geltenden Verfassung, dem Grundgesetz wurde beigetreten und es wandelte sich in die Verfassung Deutschlands, es heißt Grundgesetz, ist aber die Verfassung, die solange gilt, bis das Volk das Grundgesetz ablöst durch eine Verfassung, die in freier Entscheidung beschlossen und in Kraft getreten, was aber nicht nötig ist, da das deutsche Volk schon eine Verfassung hat, die Grundgesetz heißt."

Conclusio: Nach Meinung der Physikerin Frau Dr. Merkel ist also der Artikel 146 GG hinfällig, weil Deutschland ja nun qua Einigungsvertrag eine Verfassung habe. Auf so eine absurde Begründung wäre nicht einmal der schlimmste Winkeladvokat gekommen. So wird das deutsche Grundgesetz von den Politikern ausgehebelt!

„Wahrheit ist die Lüge,
auf die sich die Historiker geeinigt haben!"
(Voltaire)

Kapitel 2

Deutschland ist keine Demokratie

Deutschland ist eine Parteiendiktatur. Stellen Sie sich doch alle einmal die Frage, was Sie als Wähler überhaupt entscheiden dürfen? Haben Sie das Recht, Ihre Abgeordneten direkt zu wählen oder sind nicht zwei Drittel aller Landes- und Bundestagsabgeordneten auf Parteienlisten abgesichert und kommen auch ohne Ihre Stimme ins Parlament?

Wählen Sie irgendeinen Minister, einen Ministerpräsidenten, einen Bundeskanzler, einen Bundespräsidenten, einen Generalbundesanwalt, einen Generalstaatsanwalt direkt? Haben Sie irgendeinen Einfluss auf die Wahl der Richter des Bundesverfassungsgerichtes? Gibt es Volksentscheide zu den existenziellen Fragen der Politik, wie den Afghanistan-Krieg, die Verlängerung der AKW-Laufzeiten, zur Abwahl von OB Sauerland, zu Stuttgart 21? Wenn Sie alle diese Fragen mit NEIN beantworten müssen, dann werden Sie alle feststellen, dass Sie gar nicht in einer Demokratie leben! Bevor noch irgendjemand in Deutschland gewählt wird, müssen diese Defizite der Demokratie beseitigt werden!

Das heutige Problem ist das vollständige und gewollte Fehlen einer von den Bürgern Deutschlands in freiem Volksentscheid bestätigten Verfassung. In der täglichen Praxis ist das alte Grundgesetz von Parteien, von Politikern, von Verbänden und deren Lobbyisten, von den Medienzaren und ihren Hofberichterstattern, dem Kapital, der Finanzwirtschaft, den

Industriekapitänen und allen möglichen Interessensgruppen in den Würgegriff genommen und bis zur Unkenntlichkeit vergewaltigt worden. Diese Republik wird nicht mehr von gewählten Volksvertretern regiert, sondern von Lobbyisten aller möglichen Lager. Sie halten sich die Politiker wie die Spielleiter der Augsburger Puppenkiste ihre Figuren und lassen sie auf der Bühne des Bundestages tanzen.

Der größte Witz ist dabei, wie diese „Volksvertreter" überhaupt in die Parlamente kommen. Nicht etwa durch die freie und geheime Wahl der Bürger, wie es das Grundgesetz vorschreibt, aber nein, die meisten Parlamentarier werden in nicht demokratisch legitimierten parteiinternen Kungeleien auf sogenannte Landeslisten gesetzt, um dann dem Stimmvieh vorgekaut serviert zu werden. Und dann glaubt Klein Erna doch tatsächlich in ihrer Einfalt, sie hätte die Wahl.

Schon heute sprechen Politiker verschämt von einer „repräsentativen" Demokratie, wohl wissend, dass dies ein Etikettenschwindel ist. Das bedeutet nämlich nichts anderes, als dass der „Souverän" einmal in vier Jahren zu einer sogenannten Wahl aufgerufen wird, dort sein Kreuzchen für irgendeine Partei macht und damit für weitere vier Jahre seine bürgerlichen Rechte an einen Abgeordneten offen abtritt. Was der dann mit der Stimme des Urnenpöbels anfängt, darauf hat der Wähler überhaupt keinen Einfluss. Das ist keine gute Demokratie, das ist keine schlechte Demokratie, das ist überhaupt keine Demokratie!

Alle Entscheidungen der derzeitigen Kanzlerin sind nur dem schieren Machterhalt untergeordnet und daher für das Land verheerend. Frau Dr. Merkel steht für nichts außer für ihren Machtanspruch. Prinzipien, Überzeugungen und genaue

Vorstellungen von dem, was sie mit der ihr geliehenen Macht anfangen soll, hat sie nicht. Sie regiert nach Umfrageergebnissen und ist ängstlich darauf bedacht, keine Wahlen zu verlieren. Sie wartet ab, wie sich die Meinungsbildung im Volk und in den Medien entwickelt, ermittelt, wo die Strömung der Mehrheit hinwill, überholt dann diese Prozession und setzt sich an deren Spitze. Die Kanzlerin ruft dann den Besitzern der Meinungsmehrheit zu: „Folgt mir!" Das ist keine gute Politik, das ist keine schlechte Politik, das ist überhaupt keine Politik!

Flankiert wird diese Kanzlerin von einem Außenminister, der völlig überfordert ist. Machtgierig, mit dem Hang zum Größenwahn belastet, betreibt er eine Außenpolitik, die keine ist. Zunächst einmal ist zu konstatieren, dass die Wahl Deutschlands im UN-Weltsicherheitsrat rein gar nichts mit Herrn Westerwelle zu tun hat. Ergo ist sein Siegerlächeln fehl am Platze. Deutschland hat weder das Geld, noch die politischen Ressourcen, noch die grundgesetzlichen Möglichkeiten, den Anforderungen an ein Mitglied im Weltsicherheitsrat gerecht zu werden. Nichts anderes als Großspurigkeit führen die deutschen Politiker in ihrem Gepäck mit. Sie wollen, sechzig Jahre nach dem Untergang, endlich wieder auf der Weltbühne mitmischen, haben aber außer Acht gelassen, dass es ihnen dazu an innerer Stabilität fehlt. Seine politische Unreife hat er bei seinem skandalösen Verhalten zur Libyenfrage gleich unter Beweis gestellt. Er isolierte Deutschland vollkommen, ängstlich auf die Landtagswahlen schielend, indem er sich zum Entsetzen aller demokratischen Regierungen der westlichen Welt auf die Seite der „Rechtsstaaten" Russland und China bei der Abstimmung im Weltsicherheitsrat schlug und sich der Stimme enthielt. Dabei hatte von Deutschland niemand den Einsatz der Bundeswehr in Libyen verlangt. Darum ging es gar nicht. Es ging letztendlich nur um die Frage, ob sich Deutschland moralisch an die Seite der von einem Massenmörder bedrohten, geknechteten Bürger Libyens stellt oder nicht. Deutschland hat in dieser Frage jämmerlich versagt! Guido Westerwelle ist die schlimmste Fehlbesetzung im Auswärtigen Amt seit dem unsäglichen Joachim von Ribbentrop.

Der soeben ausgeschiedene Wirtschaftsminister scheint ebenfalls nicht ganz ernst genommen werden zu wollen. Mit oft schwerer Zunge versucht er, volkswirtschaftliche Grundkenntnisse unter die Bevölkerung zu streuen. Die Liste der unsinnigsten Subventionen, für die dieser ehemalige Wirtschaftsminister verantwortlich war, lässt sich bis auf eine Summe von bis zu 150 Milliarden Euro jährlich beziffern! Dazu kommen noch Milliarden von verschwendeten Steuergeldern, wie man jedes Jahr in den Berichten des Bundesrechnungshofes nachlesen kann. Für einen Großteil dieses unglaublichen Skandals trägt der Wirtschaftsminister die Verantwortung. Hier geht es nicht mehr um Marktwirtschaft, hier werden nur noch unsinnige Steuergeschenke an plärrende Interessengruppen verteilt, die volkswirtschaftlich absoluter Wahnsinn sind. Welchen Sinn hat denn der verminderte Mehrwertsteuersatz für die Hotelbranche gemacht?

Und dazu kommt natürlich noch der Hauptmann der Reserve Niebel im Entwicklungshilfeministerium. Man braucht ja auch einen absolut ahnungslosen Ex-Generalsekretär der FDP, der immer noch glaubt, dass die Schecks für die Entwicklungshilfe der armen Bevölkerung der Drittweltländer zugutekommen und nicht auf den Genfer Privatkonten der jeweiligen Diktatoren landen. Wichtiger als jede erbärmliche Entwicklungshilfe wäre die Unterstützung der WTO, die verzweifelt versucht, den „armen" Ländern Weltmarktpreise für deren Produkte und Rohstoffe zu garantieren. Diese Länder sind nämlich gar nicht arm.

Sie sind reich an Rohstoffen, die wir für ein Trinkgeld ausbeuten. Mit unsinnigen Subventionen unserer Agrarwirtschaft in Milliardenhöhe und Handelssperren schotten wir unsere Märkte von den Produkten der sogenannten Entwicklungsländer ab. Auch die Erlassung ihrer „Schulden" wäre eine große Hilfe für diese Länder. Sie haben ihre Schulden bei uns schon hunderte Male getilgt, was unsere Banken hier abschöpfen, sind die Zinsen der Zinsen der Zinsen für früher gewährte Kredite. Ein durchschnittlich intelligenter Mensch und Realist würde es im Amt des Entwicklungshilfeministers auf Dauer nicht aushalten. Alleine in Afghanistan sind 17 Milliarden US-Dollar an Entwicklungshilfe versickert. Man sollte einmal die Genfer Konten von Präsident Karsai und seinen Komplizen genauer überprüfen.

Da gibt es noch eine Justizministerin, die durch irgendwelche originellen Einfälle noch nicht aufgefallen ist. Sie verbreitet sich zwar über die Bewahrung der unabhängigen Justiz, es ist ihr aber offensichtlich noch gar nicht aufgefallen, dass es so etwas in Deutschland noch gar nie gab. Dabei ist die deutsche Rechtsprechung auf den Hund gekommen und moralisch bankrott. Die tägliche Rechtspraxis zeigt die Verluderung der Justiz, die natürlich auch ein Spiegelbild der Gesellschaft ist. Es herrscht ein Abgrund an moralischer Verkommenheit in einer Justiz und Gesellschaft, wenn materieller Schaden schärfer geahndet wird als der mangelnde Respekt vor der Unversehrtheit der Seele und des Körpers eines Menschen. Die Beschädigung eines Polizeifahrzeuges wird schwerer bestraft als die Verletzung eines Polizisten. Das ist pervers! Das geht noch auf Bismarcks Zeiten zurück. Wenn ein besoffener, arroganter Junker eine Magd vergewaltigte, so war das ein Kavaliersdelikt. Aber wehe, eine halb verhungerte Magd stahl dem Gutsherrn ein paar Kreuzer, dann war ihr das Zuchthaus sicher. Das Bürgerliche Gesetzbuch und deren wahrhaft empörende und weitgehend immer noch geltende, den Schaden an Sachwerten höher als den an Menschenleben wertende Rechtsprechung ist darüber hinaus ein Produkt der Gründerzeit nach 1871. Das Besitzbürgertum drängte auf extrem harte Strafen bei Eigentumsdelikten. Das ist bis heute so geblieben, denn das Kapital regiert und nicht das Volk!

Das Finanzministerium gleicht einem Panoptikum. Es verwaltet die komplizierteste und ungerechteste Steuerverwaltung der westlichen Welt. Siebzigtausend Gesetze, Einzelvorschriften und Ausnahmetatbestände machen den untauglichen Versuch, eine Steuergerechtigkeit herzustellen. Die Steuern in Deutschland sind nicht sozial gerecht! Sie können es gar nicht sein, denn immer wieder kräht der Sprecher des Statistischen Bundesamtes, dass jeder Deutsche im Durchschnitt 40.000 Euro besitze. Das ist so eine Sache mit Statistiken. Wenn wir einen Fuß im Eisfach und den anderen Fuß auf der heißen Herdplatte haben, dann haben wir statistisch in der Mitte ein angenehmes Gefühl. Dieses angenehme Gefühl will sich aber bei den Bürgern gar nicht einstellen, denn nur 10 Prozent der Deutschen besitzen 90 Prozent des Kapitals.

Das Wirtschaftsministerium hat die großen Zeiten eines Ludwig Erhard und eines Karl Schiller längst hinter sich gelassen. Es ist zum Verschiebebahnhof in der Koalitionsarithmetik verkommen. Heute sitzt ein junger Arzt auf dem Chefsessel dieses wichtigen Ministeriums, der keine Ahnung von Nationalökonomie hat. Und so sieht sie dann auch aus, diese Wirtschaftspolitik. Künstlich werden die Arbeitslosenzahlen niedrig gehalten, immer ängstlich nach den Wahlen und Umfragen schielend. Es ist eine Chimäre, dass Deutschland nur drei Millionen Arbeitslose hat. Alleine sechs Millionen Menschen können gar nicht von ihrer Arbeit leben und arbeiten im Niedriglohnsektor. Das heißt, dass nicht der Unternehmer lebenswerte Löhne zahlen muss, sondern der Steuerzahler die Löhne der Unternehmer finanziert. Das ist pervers. Was hat das noch mit sozialer Marktwirtschaft zu tun? Einen gesetzlichen Mindestlohn, wie dies in fast ganz Europa der Fall ist, verweigert diese Regierung standhaft.

Sie fürchtet um die Stimmen und Spenden der Unternehmer. Für die Ärmsten der Armen, also all diejenigen, den man auch keinen staatlich subventionierten Niedriglohnjob mehr beschaffen konnte, haben die Politiker den offenen Strafvollzug in Käfighaltung erfunden. Diese Einrichtung ist sinnigerweise nach einem der schlimmsten Arbeiterverräter und Puffgänger der neueren deutschen Unternehmensgeschichte benannt: Peter Hartz. Inzwischen stehen wir schon bei Hartz IV, also offener Strafvollzug für die Menschen, die durch den Rost dieser sogenannten Marktwirtschaft gefallen sind.

Fünfzig Milliarden Euro werden den Unternehmern jährlich in den Rachen geworfen, damit ihre Gewinne in die Höhe schnellen, damit wir den Wahn der Exportnation aufrechterhalten können. Sechs Millionen Arbeiter kommen in den Genuss dieses staatlichen Geldregens. Das ist die Verschmelzung von Kapitalismus mit Kommunismus, aber mit Sicherheit nicht das, was Ludwig Erhard mit der sozialen Marktwirtschaft gemeint hat.

Unternehmen verdienen sich mit diesem staatlich subventionierten Lohndumping eine goldene Nase, entlassen ihre Arbeiter, um sie dann wieder zu den neuen Konditionen einzustellen. Man ist fassungslos über so eine Politik. Wir fordern einen gesetzlichen Mindestlohn für alle Branchen. Die Unternehmer alleine tragen die Lohnkosten und haben damit am Markt zu bestehen oder eben auch nicht.

Exportweltmeister mit Lohndumping zu werden, ist unfairer Wettbewerb und schadet der Binnenkonjunktur! Der deutsche Arbeiter nimmt an den Erfolgen der Unternehmen nicht mehr teil, er ist abgekoppelt, ausgebootet und seinem Elend überlassen. Schafft er es nicht, seine Familie mit seinem Einkommen zu ernähren, springt der Staat ein und subventioniert den Rest.

Dieses System ist pervers, zutiefst unökonomisch, asozial und gemeingefährlich. Dieser Staat hat seinen eigenen Bankrott vor der Habgier der Industrie erklärt. Er wurde zum Zuschussbetrieb für die überbordenden Unternehmergewinne degradiert. Der Staat verschuldet sich damit in ungeahnte Höhen, während die Wirtschaft floriert.

Und was tun die deutschen Gewerkschaften gegen diese Sklavenarbeit? Gibt es sie überhaupt noch, oder haben sie bereits mit dem Bundesverband der deutschen Industrie fusioniert? Die Bonzen sind fett geworden. Sie lassen sich in ihren schwarzen Limousinen zum Tee ins Kanzleramt chauffieren, ansonsten wohnen sie den Sitzungen der Aufsichtsräte deutscher Großunternehmen bei.

Sie sind quasi die Beischläfer der Unternehmer geworden. So manch ein Gewerkschafter, der für seine Ideale von Bismarcks Säbeln niedergestreckt oder im KZ jämmerlich vernichtet wurde, würde sich aus dem Grab erheben und den heutigen Bonzen zurufen: „Genosse, schämst du dich nicht?"

Als Grüß-August musste jemand her, der als möglicher politischer Gegner der Kanzlerin aus dem Wege zu räumen war. Es ist beschämend, wie dieses einst so angesehene Amt durch Intrigen, Kungeleien und Vetternwirtschaft heruntergewirtschaftet wurde. Das Amt des Bundespräsidenten an sich gibt machtpolitisch nichts her, doch wenn dann auch noch so ein staubtrockener Rechtsanwalt aus Hannover damit versorgt werden muss, weil man ihn sonst nicht los wird, dann ist das Ansehen dieses Amtes an seinem Tiefpunkt angekommen. Außer Spesen nichts gewesen! Ich möchte wetten, dass zwei Drittel der Deutschen gar nicht wissen, wer der Mann mit dem Ordensbändchen am Revers ist, der am Tag der Deutschen Einheit die hohlen Phrasen im Fernsehen drischt und sich als Wanderprediger auf Kirchentagen versucht. Man sieht ihn auch manchmal mit „betroffener" Miene auf Beerdigungen herumstehen. Fazit, wenn keine Männer und Frauen mehr gefunden werden, die bei Begräbnissen, zu Weihnachten und bei sonstigen passenden und unpassenden Gelegenheiten mehr als nur leere Worthülsen verbreiten können, dann schafft das Bundespräsidentenamt ab.

Es muss erlaubt sein, über die zahlreichen Defizite der deutschen Demokratie nachzudenken. Denn bis heute gilt nur eines: Arrogante, oft auch korrupte Politiker, die jeden Kontakt zum Bürger verloren haben, die unverschämtesten Lobbyisten, die jakobinischen Verfechter der Political Correctness und große Teile der Medien, die als Hofschranzen der herrschenden Kaste Meinung machen, anstatt Fakten zu berichten und oft eine permanente Zensur des Rechtes auf freie Meinungsäußerung ausüben, haften auf dem deutschen Staat wie ein chronischer Ausschlag!

Zitat:
„Jeder Deutsche hat die Freiheit, Gesetzen zu gehorchen, denen er niemals zugestimmt hat; er darf die Erhabenheit des Grundgesetzes bewundern, dessen Geltung er nie legitimiert hat; er ist frei, Politikern zu huldigen, die kein Bürger je gewählt hat, und sie üppig zu versorgen – mit seinen Steuergeldern, über deren Verwendung er niemals befragt wurde. Insgesamt sind Staat und Politik in einem Zustand, von dem

nur noch Berufsoptimisten oder Heuchler behaupten können, er sei aus dem Willen der Bürger hervorgegangen." (*Prof. Dr. von Arnim, Verfassungsrechtler*)

Zitatende

„Es kann nicht alles richtig sein auf dieser Welt, wenn die Menschen noch mit Betrügereien regiert werden müssen!"
(Georg Christoph Lichtenberg)

Kapitel 3

Deutschland ist kein Rechtsstaat

Die Politiker führen das Wort vom „freiheitlichen demokratischen Rechtsstaat" bei jeder passenden und unpassenden Gelegenheit im Mund und tragen den sogenannten RECHTSSTAAT wie eine Monstranz vor sich her. Dabei gab es auf deutschem Boden noch nie einen Rechtsstaat! In der Kaiserzeit hatte Deutschland eine Klassenjustiz. In der Weimarer Republik war es eine diese Republik zutiefst verachtende Justiz, im Dritten Reich hatte Deutschland eine Verbrecherjustiz, in der Nachkriegszeit eine Wendehalsjustiz und heute eine von den Politikern gegängelte Justiz.

Der Generalbundesanwalt und seine nachgeordneten Bundesanwälte sind weisungsabhängige politische Beamte, die vom Bundesjustizministerium vorgeschlagen und vom Bundespräsidenten ernannt werden. Spuren sie nicht im Sinne der jeweiligen politischen Machthaber, dann können sie jederzeit wieder abberufen und in den einstweiligen Ruhestand versetzt werden. Die Generalstaatsanwälte der Länder sind ebenfalls weisungsgebundene politische Beamte der Länder und können jederzeit wieder abberufen werden, wenn sie den Weisungen ihres Dienstherren, also dem Justizminister, nicht Folge leisten.

Deutschland hat keine politisch unabhängige Justiz!

Das Grundgesetz Deutschlands schreibt die Trennung von Exekutive und Judikative vor. Die Praxis sieht anders aus. Diese gesetzlich vorgeschriebene Gewaltenteilung existiert nicht. Zu diesem Thema hat der Kriminologe und bekannte Strafrechtsprofessor Prof. Dr. Peter-Alexis Albrecht Folgendes ausgeführt:

Zitat:
„Warum geht das nicht im gesamten Justizsystem? Gerade hier wäre Autonomie das Gebot der Stunde. Der Ruf der Richterverbände belegt das eindrucksvoll. Im Kern geht es um die Verlagerung der Personalhoheit weg von den Landesjustizministern (der Exekutive) hin zu den Richterwahlgremien und unabhängigen Justizverwaltungsräten (der Judikative). Demokratisch legitimierte Richterwahlen gibt es in 24 EU-Ländern. Nur in Deutschland, Österreich und Tschechien werden die justiziellen Kontrolleure noch von der zu kontrollierenden Exekutive bestellt:

Das ist ein rechtsstaatliches Ding der Unmöglichkeit.

Dies wäre allerdings nur ein erster Schritt. Darüber hinaus ist eine umfassende Reform im Justizsystem notwendig, wie es Richterverbände fordern. Wahre Unabhängigkeit ist erst möglich, wenn Auswahl und Ersternennung anhand nachvollziehbarer Kriterien geschähen. Beförderungen sollten durch Funktionszuweisungen auf Zeit ersetzt werden. Befähigungsbeurteilungen durch Vorgesetzte (im selben Spruchkörper!) würden damit obsolet. Wenn Bürger wüssten, dass Beisitzer ihre Rechtsprechung vom Wohlwollen des Vorsitzenden abhängig sehen, wäre der Ansehensverlust der Gerichte wohl noch größer. In der Befreiung der Dritten Gewalt von Karriereabhängigkeiten liegt der Hauptgedanke einer umfassenden Autonomie. Das sind insbesondere psychologische Effekte, die der Berufsrolle von Richter und Staatsanwalt den erforderlichen Rahmen böten. Furchtlosigkeit vor den Einflüssen Dritter, insbesondere vor Machteinflüssen, sind erst das Produkt realer Unabhängigkeitsgewähr. Das gilt für Richter und Staatsanwälte gleichermaßen, auch wenn das Grundgesetz derzeit nur den Richtern die Unabhängigkeit formal sichert.

Die Finanzkrise sollte jedem deutlich machen, wie wichtig diese Forderung ist. Die Spekulation Privater ist von allen Regierungskräften im Schulterschluss mit der Finanzwirtschaft entfesselt worden. Die Schäden im Bank- und Finanzsektor sind daher systemisch von der Politik mit verursacht worden. Das alles gehörte in die öffentliche Aufklärung eines Justizsystems, das unerschrocken gegen jedermann – also auch gegen Politiker – ermitteln müsste, wenn hinreichende Anhaltspunkte vorliegen, was eindeutig der Fall ist: Es geht um den Straftatsbestand der Untreue. Warum geschieht das nicht?

Die Aufsicht über Finanzspekulationen in Landesbanken üben zahlreiche hohe politische Funktionsträger aus. Sie bestellen und führen durch Weisungen jene, die die Verantwortlichkeiten der politischen Aufsichtsräte in Ermittlungsverfahren strafrechtlich prüfen müssten. Wie kann aber ein Staatsanwalt gegen seinen Dienstherrn unabhängig ermitteln, wenn dieser sein Herr und Gebieter ist?

Der Jäger muss jagen, der Richter wägt ab. Unabhängigkeit für beide heißt nicht Komplizenschaft in der Durchsetzung des öffentlichen Strafanspruchs. Unterschiedliche Berufsrollen innerhalb des Justizsystems brauchen auch unterschiedliche Organisationsformen – in jeweiliger Unabhängigkeit. Entlässt man Staatsanwälte und Richter aus der Kontrolle der

Exekutive, haben sie auch mehr Macht, das heißt auch mehr Selbstverantwortung. Sie müssten ihre Machtgrenzen – zum Beispiel durch eine Stärkung der Richterdienstgerichtsbarkeit, welche die Richter richten kann – deutlicher machen. Dazu gehört auch, dass dem Bürger ausreichender Rechtsschutz bei unabhängigen Gerichten eingeräumt wird, gerade während des Ermittlungsverfahrens.

Daran hapert es heute wie gestern.

Neue Prämissen einer gerechteren Sozialordnung, die den Einsatz einer von der Leine politischer Opportunität abgekoppelten Justiz eigentlich erst wirksam legitimieren, müssen indes andere einlösen. Die Überlebenschance einer sozial gerechten Gesellschaft liegt primär im Gelingen dieser demokratischen Herkulesaufgabe."

Zitatende

Es gibt ein Beispiel für einen solchen Politskandal: Die französische Kriminalpolizei, die heutige Europa-Abgeordnete und damalige französische Untersuchungsrichterin am Pariser Justizpalast, Madame Eva Joly sowie der Genfer Generalstaatsanwalt haben umfangreiche Ermittlungen zum Komplex Elf Aquitaine angestellt und zu einer einzigen Anklage gegen hohe deutsche und französische Politiker, Industrielle und Geheimdienstler zusammengefasst. Ergebnis: In Frankreich wurden Politiker, Industrielle und Mitglieder des französischen Geheimdienstes angeklagt und zu Freiheitsstrafen verurteilt. Und in Deutschland?

Der Genfer Generalstaatsanwalt hat die gesamten Ermittlungsakten an den deutschen Generalbundesanwalt zur Anklageerhebung übermittelt. Die Akten wurden einmal geöffnet und gesichtet und anschließend versiegelt und in den Archiven der Bundesanwaltschaft in Karlsruhe versenkt! Keine Anklagen, keine Verurteilungen, kaum Presse!

Zu diesem Thema gibt es zahlreiche Beispiele, wie die Politik die Justiz beeinflusst und beherrscht. Ganze Heerscharen von ausgeschiedenen Richtern und Staatsanwälten könnten schaurige Dinge über ihre Amtszeit berichten. Wie Justizminister ihre Staatsanwälte zitieren und ihnen Anweisungen erteilen, wie dies oder jenes Verfahren zu behandeln sei. Ob eingestellt oder angeklagt wird.

Das geht sogar so weit, dass den Staatsanwälten schon vorgeschrieben wurde, welches Strafmaß zu beantragen sei. Die Justizminister scheuen sich auch nicht, ganze Strafakten anzufordern und die Ermittlungsergebnisse einzusehen. Wo die dann landen, bleibt der Fantasie des Lesers überlassen.

Doch wehe ein Staatsanwalt spurt nicht im Sinne des politischen Justizministers. Im besten Fall wird er bei Beförderungen übergangen oder Familienrichter in Hintertupfingen, im schlechtesten Fall wird er aus dem Amt gemobbt. Polizei und Justiz gerade aus Sachsen, Bayern und Baden-Württemberg könnten von den „Heldentaten" ihres Justizministeriums berichten. Ein Kriminalhauptkommissar aus Sachsen wurde sogar aus dem Amt getrieben, weil er es gewagt hatte, gegen merkwürdige Verbindungen zwischen Politik und dubiosen Gestalten zu ermitteln.

Deutschland hatte noch nie eine Gerichtsbarkeit für Richter, Staatsanwälte und Polizeibeamte. Nur so ist es auch erklärbar, warum nach dem Zusammenbruch des Dritten Reiches kein einziger Richter oder Staatsanwalt für sein verbrecherisches

Verhalten in der NS-Blutjustiz zur Verantwortung gezogen wurde. Sogar der Beisitzer von Roland Freisler beim Volksgerichtshof wurde nach dem Zusammenbruch des Dritten Reiches wieder zum Landgerichtspräsident in Ravensburg bestellt. (Reese Urteil des BGH)

Absurde Szenen spielten sich in fast allen deutschen Gerichtssälen ab. Beispiel: Dieselben Richter des Oberverwaltungsgerichtes Schleswig, die die Enteignung von jüdischem Vermögen angeordnet hatten, entschieden später über die Entschädigung der entrechteten Juden.

Der hessische Generalstaatsanwalt Fritz Bauer war ein mutiger Mann. Er verfolgte die Verbrechen der Nazis gnadenlos. Doch er stand allein auf weiter Flur. Wenn er telefonieren wollte, um einen alten Nazi zu ergreifen, dann suchte er sich eine Telefonzelle, denn es kam nicht selten vor, dass er im eigenen Amt abgehört und die Verhaftung durch seine Kollegen vereitelt wurde. So entging ihm zum Beispiel der KZ-Arzt Dr. Mengele um Haaresbreite.

Von einer Gerichtsbarkeit für politische Verbrechen, wie sie zum Beispiel in Frankreich existiert, wollen wir hier schweigen. Natürlich existiert ein solcher Gerichtshof nicht in Deutschland.

„Die Großen hören auf zu herrschen,
wenn die Kleinen aufhören zu kriechen!"
(Friedrich Schiller)

Kapitel 4

Der Agrarwahnsinn

Nicht nur Deutschland, der ganze Westen Europas schwimmt in einem Berg von Agrarprodukten. Frankreich ist der größte Agrarexporteur der Welt. Deutschland steht an zweiter Stelle. Wie ist das möglich?

Der deutsche Steuerzahler subventioniert mit circa 150 Milliarden Euro alleine die heimische Agrarproduktion. Die Preise für Lebensmittel sind die niedrigsten in ganz Europa. Der deutsche Bürger gibt im Durchschnitt 10 Prozent seines Einkommens für Lebensmittel aus. Der Franzose zum Vergleich 25 Prozent. Der Lebensmittelmarkt suggeriert dem Bürger, dass alles möglich, alles billig und alles von ausgezeichneter Qualität ist. Das kann nicht sein.

1. Alles ist möglich, das ist richtig!

2. Dass alles billig ist, verdankt der Verbraucher den heruntersubventionierten Preisen!

3. Dass jedes Lebensmittel von ausgezeichneter Qualität ist, scheint ein Ammenmärchen.

Neben den hohen Subventionen lebt die Agrarindustrie von billigen Rohprodukten und den vom Staat verhinderten Mindestlöhnen. Deutschland ist zum Billiglohnland der Agrarproduktion geworden. Die Massentierhaltung mit bis zu 80.000

Schweinen in einem einzigen Betrieb und die ständige Nachfrage des Verbrauchers nach seinem billigen Schnitzel haben eine Agrarmafia geschaffen, die sich durch völlig unsinnige Subventionen und durch billige Arbeitskräfte speist.

Deutschland ist zum Billig-Schlachthof Europas verkommen. Ganz Europa lässt in Deutschland billig schlachten. Es gibt keinen gesetzlichen Mindestlohn im Gegensatz zu allen anderen westlichen Ländern und es gibt für den Bauch Deutschlands, das Land Niedersachsen, nur zwölf Kontrolleure für zehntausende Agrarbetriebe, Futtermittelhersteller und Schlachthöfe.

In diesen Massenschlachthöfen werden Menschen aus aller Herren Ländern versklavt und dürfen in menschenunwürdigen Unterkünften dahinvegetieren. Sie werden für diese Schinderei von täglich zehn bis zwölf Stunden mit Löhnen zwischen 1-3 Euro (in Worten ein bis drei Euro) pro Stunde entlohnt.

Wie kann das sein? Der Schlachthof gründet durch einen Strohmann in irgendeinem Land wie zum Beispiel in Rumänien, Polen oder Ungarn eine Zeitarbeitsfirma. Diese Firma, die meist nie mehr besitzt als ein Firmenschild und eine Handelsregistereintragung, rekrutiert die Ärmsten der Armen und stellt sie bei sich als Arbeiter an. Dann verleiht sie diese modernen Sklaven an den Besitzer des Schlachthofes in Deutschland, der somit kein Arbeitsverhältnis mit seinen Leiharbeitern eingeht, sondern die Hungerlöhne an die Zeitarbeitsfirma ausbezahlt, die ihm meist selbst gehört.

So verdient diese Agrarindustrie Milliarden von Euro und verkauft die billig produzierten Produkte an die Märkte. Natürlich kann der deutsche Verbraucher die Schwemme an Lebensmitteln nicht selbst verfuttern. Daher werden die erzielten

Agrarüberschüsse exportiert. Die Länder Afrikas werden mit billigen deutschen Lebensmitteln überschwemmt. Was ist die Folge?

Der afrikanische Bauer kann für diese Preise nicht produzieren. Er ist also nicht mehr wettbewerbsfähig. Daher lässt er seine fruchtbaren Böden veröden und zieht in die Elendsviertel der Städte. Er und seine Familie hungern.

Um dieses Elend zu bekämpfen und unser Gewissen zu beruhigen, hält sich Deutschland einen Entwicklungshilfeminister, der Milliarden von deutschen Steuergeldern an die „armen" Länder in Afrika bezahlt. Der afrikanische Bauer hat nichts von diesem Geld, da es meist in den Taschen der kleptokratischen Despoten verschwindet und schlussendlich gewinnbringend auf Schweizer Bankkonten angelegt wird. Conclusio: Das ganze Karussell ist der reine Wahnsinn!

Jahrelang hat Europa dem Elend in Afrika hilflos zugesehen und hat sich zu Komplizen der Despoten, Kelptokraten und Menschenschlächter gemacht. Hauptsache, die Geschäfte mit deren Blut-Geld sind gut gelaufen und die Diktatoren haben gut bei uns eingekauft. Waffen von Heckler & Koch, Kanonen von Rheinmetall, Panzer von Krauss-Maffei und U-Boote von der Kieler Howaltswerft.

Um unser Gewissen zu beruhigen, verkaufen wir den armen Ländern Afrikas unsere hochsubventionierten Lebensmittel mit dem Erfolg, dass deren Bauern nicht mehr konkurrenzfähig sind. Ihre Länder veröden und die hungernden Familien vom Land ziehen in die Elendsviertel der Großstädte. Die Bilder der hungernden und kranken Kinder Afrikas gingen um die Welt.

Wir fühlten uns gut, wenn wir einmal im Jahr eine Spendengala veranstalteten und immer zu Weihnachten Geld für die Kinder in Afrika spendeten. Unser Gewissen ist rein.

Dass die Länder Afrikas reich an Bodenschätzen sind, haben nur unsere demokratischen Regierungen und deren Freunde, die Blut-Despoten begriffen. Wir geben den Menschen einen Hungerlohn und zahlen reichhaltige Provisionen an die Despoten, die die Blutgelder hier in Europa wieder reinvestierten. Die Demokratien des Westens sind die Komplizen der Schlächter des Maghrebs und Afrikas! Nun sind die Menschen im Maghreb und in Afrika unseren Lügen auf die Schliche gekommen. Wenn der Prophet nicht zum Berg kommt, dann kommt der Berg halt zum Propheten. Die Propheten sind wir!

Es ist schon ein Ritual, dass pünktlich zu Weihnachten in fast allen Sendern der deutschen Fernsehanstalten zu Spenden aufgerufen wird. Dazu werden großartige, abendfüllende Shows mit vielen Prominenten an den Telefonen gezeigt. Um die Stimmung für die Spendenwilligen zu bereiten, werden auch stets grauenhafte Schicksale von halbverhungerten Kindern aus aller Herren Ländern gezeigt. Der Deutsche an sich zeigt sich im Prinzip großzügig. Das ehrt ihn.

Was bei diesen Veranstaltungen leicht unter die Räder kommt, ist die Tragödie der sogenannten Dritten Welt, wo alle zehn Sekunden ein Kind an Hunger stirbt. Wir geben gerne angesichts des Leides, zum einen, um uns danach besser zu fühlen, zum anderen, um unser Gewissen zu beruhigen. Beide Motive sind menschlich und ehrenwert. Was wir uns alle jedoch nicht fragen: Warum ist es so, dass alle 10 Sekunden ein Kind an Hunger sterben muss? Die Antwort ist so einfach wie hart: weil wir Europäer mit Milliarden von Euro unsere Agrarindustrie subventionieren. Die Folge davon ist, dass die so künstlich billig produzierten Lebensmittel den Agrarmarkt der Dritten Welt überschwemmen und deren eigene Agrarprodukte nicht mehr wettbewerbsfähig sind. Die Agrarwirtschaft der Dritten Welt verelendet, die Menschen leiden und sterben. Wir leben dabei im Überfluss mit unseren billigen Lebensmitteln. Anstatt nun hier anzusetzen und ein kleines bisschen Konsumverzicht zu zelebrieren, beruhigen wir unser Gewissen jährlich an Weihnachten mit einer generösen Spende an die vielfältigsten Hilfsorganisationen.

Und schließlich noch eine Anmerkung, die zugegebenermaßen etwas provokant ist. Jährlich sehen wir die stimulierenden Elendsbilder aus der Dritten Welt. Alle Jahre wieder spenden wir „großzügig" für dieses herzzerreißende Elend. Doch ein einziges Mal möchten wir erleben und in den Spendensendungen der Fernsehanstalten sehen, was, wie viel und wofür unsere Spenden vom letzten Weihnachtsfest verwendet wurden. FEHLANZEIGE!

Es kommt nicht darauf an,
den Armen dieser Welt mehr zu geben,
sondern ihnen weniger zu stehlen!
(Prof. Jean Ziegler)

Kapitel 5

Was kostet die Meinung eines Politikers?

In Japan droht eine apokalyptische nukleare Katastrophe. Zunächst waren die deutschen Politiker geschockt, dann funktionierten jedoch sehr schnell wieder ihre Reflexe. Allerorten hörte man die üblichen Beschwichtigungen. Doch irgendwie mag dieser „treulose Urnenpöbel" den Ritualen der Politiker nicht mehr folgen. Spätestens jetzt verspüren Deutschlands Politstrategen, dass die alten Parolen nicht mehr ziehen.

Viel schlimmer als diese ganzen „unangenehmen" Vorgänge in Japan, ist die Tatsache, dass Landtagswahlen in Baden-Württemberg vor der Türe standen. Was denkt sich da vielleicht das Politikergewächs? Ich fantasiere einmal:

„Was interessiert mich Japan, sollen die Japaner doch in ihrem nuklearen Saft verbraten, es geht um etwas viel Wichtigeres, viel Höheres, ein viel größeres Ziel: unsere Macht! Herrgott, die Menschen wollen uns nicht mehr glauben, sie laufen in Scharen zur Opposition über und wir können nichts dagegen tun. Was machen wir jetzt? Wir haben doch keine Alternativen. Unser Stuhl im Amt ist doch alternativlos! Wer beschäftigt uns denn sonst? Die Atomlobby vielleicht? Wohl nicht, wenn die jetzt ihre Schrottmeiler schließen müssten. Was bleibt uns dann noch? Wir wechseln einfach unsere Meinung!"

Was kostet die Meinung eines Politikers? Wenig, wenn es um etwas Höheres geht: Um die Macht! Wir werden jetzt einfach grün. Und zwar noch grüner als das Original. Vorsicht vor der schwarzen Witwe! Wenn sich eine Partei mit der einlässt, wird sie erst marginalisiert und dann gefressen. Beispiel SPD und FDP. Und nur so sind die neuesten Kehrtwendungen der Politiker zu verstehen:

Schlagzeile in SPIEGEL ONLINE

Zitat:
„Die Regierung Merkel denkt nun doch über ein Aussetzen der Laufzeitverlängerung nach. Stuttgart/Berlin – In der deutschen Politik bröckeln wegen der drohenden nuklearen Katastrophe in Fernost alte Fronten im Streit um die Zukunft der Atomkraft. Kurz vor den Landtagswahlen in Baden-Württemberg am 27. März wächst in der Debatte der Druck auf Schwarz-Gelb – jetzt erwägt die Regierung sogar eine Aussetzung der Laufzeitverlängerung. Vizekanzler Guido Westerwelle (FDP) schloss in ein Moratorium nicht aus. ‚Wir brauchen auch eine neue Risikoanalyse', sagte er weiter. Die Sicherheit habe Vorrang vor Wirtschaftsinteressen, sagte der FDP-Chef. Der ehemalige Wirtschaftsminister Rainer Brüderle plädierte sogar dafür, ein schnelleres Umsteuern auf regenerative Energien zu prüfen. Die Frage nach der Kohleenergie stelle sich neu. Umweltminister Norbert Röttgen (CDU) forderte, das Restrisiko von AKW neu zu bewerten.

Zuvor hatten immer mehr Politiker aus Union und FDP ein Umdenken gefordert. ‚Ich schließe gar nichts aus', sagte EU-Energiekommissar Günther Oettinger (CDU) im Deutschlandfunk auf die Frage nach einem Abschalten von Anlagen."

Zitatende

In Brüssel erklärte der EU-Kommissar für Energiefragen Günther Öttinger der Presse wörtlich:

„I was schockt abaut dis szenario in Tschäpän end I dink we all mast dink abaut a neue Schträtegtschie!"

Stellt sich uns allen nur noch eine einzige Frage: Wie viel kostet die Meinung eines Politikers? Muss man weinen über so einen Abgrund an Schmutz, Heuchelei und Scheinheiligkeit oder soll man diese scheinbaren Marionetten der Atomlobby nur noch auslachen?

Es ist die Stunde der Heuchler und Scheinheiligen!

Noch sitzt ihr da oben, ihr feigen Gestalten.
Vom Feinde bezahlt, dem Volke zum Spott.
Doch einst wird wieder Gerechtigkeit walten,
dann richtet das Volk. Dann gnade Euch Gott!
(Theodor Körner)

KAPITEL 6

Die Komplizen der Despoten

Wer noch nicht die Bücher „Die Schweiz wäscht weisser" und „Die Schweiz, das Gold und die Toten" und ganz neu „Hass auf den Westen" des Alt-Nationalrats Professor Jean Ziegler gelesen hat, der sollte dies dringend nachholen. Die Schweiz hat nicht weniger und nicht mehr gemacht, als seine Existenz vernichtet. So musste Jean Ziegler unter das Dach einer UN-Organisation flüchten, um dem völligen finanziellen Ruin zu entgehen. Die Banken haben ihn für seine Bücher schlicht an die Wand geklagt. Er ist heute ein hoher Sekretär der UN-Welthungerhilfe.

Für viele Wirtschaftshistoriker resultiert die heutige weltumspannende Finanzkraft der Banken aus diesem Kriegsgewinnlertum. Angefangen hat diese Raffgier der Banken, wie bereits erwähnt, in der Komplizenschaft mit Hitler. Daraus entstanden astronomische Gewinne. Diese antrainierte Raffgier haftet wie ein Ausschlag auf dem vermeintlich gesunden Volkskörper. Es ist dem Deutschen nicht bewusst und vollkommen egal, dass ein Großteil der Gelder der asiatischen Staatsfonds aus dem goldenen Dreieck Birma, Thailand, Laos und Kambodscha kommen, das das drittgrößte Opiumaufkommen der Welt nach Afghanistan, Pakistan und Lateinamerika hat.

Das wohlgemeinte Geld der Entwicklungshilfe für die Ärmsten der afrikanischen Bevölkerung landet oft auf den Privatkonten der afrikanischen Diktatoren bei den Banken. Es macht zornig, wenn man täglich sieht, wie die italienische Mafia insbesondere die kalabrische 'Ndrangheta ihre durch Prostitution, Korruption und Rauschgifthandel erwirtschafteten Gelder waschen und dann völlig legal an europäische Banken überweisen. Die berüchtigte Loge P 2, die mit hochrangigen italienischen Politikern, Militärs und Generälen des Geheimdienstes SISMI besetzt ist, benutzt ein Teil dieser Gelder, um Stimmen, Einfluss und Macht zu kaufen. Und nun drängen auch noch Milliarden von schmutzigem russischen und kaukasischen Geld auf den internationalen Finanzmarkt.

Es gibt kaum genügend Anlagemöglichkeiten für die Renditeerwartungen dieser Schmutzinvestoren. Etwa fünfzig Prozent der internationalen Unternehmen, hauptsächlich der Schlüsselindustrien, sind bereits im Besitz der von Banken in aller Welt gegründeten Fonds. Die Herkunft der Gelder ist nach so vielen Waschvorgängen nicht mehr zu entschlüsseln.

Doch das reicht nicht. Also suchen diese kunstvoll als Hedgefonds, Immobilienfonds und Treuhandfonds verpackten Drecksgelder ständig weitere Anlagemöglichkeiten. Gelder aus russischen Fonds, asiatischen Staatsfonds, der kalabrischen 'Ndrangheta und abgezweigte Gelder der UN-Welthungerhilfe für die von Hunger und Seuchen geplagten Länder Afrikas wurden von europäischen Banken zu einem Immobilienfond zusammengeschnürt und bei einer Großbank als Sicherheit für einen Kredit hinterlegt.

Die Zinsen für die Kredite entsprechen genau den langfristigen Renditeerwartungen der Investoren. Es entstehen also keine Kosten, sondern nur Gewinne aus den Krediten. Dieser Kredit wird dann an die schweizerische Niederlassung eines Unternehmens ausbezahlt, für deren Sicherheit Fondanteile bei einer Bank hinterlegt werden.

Das Unternehmen gründet mit dem Kredit einen Trust in Curaçao, auf den Niederländischen Antillen oder an den britischen Kanalinseln, die sich als Offshore-Platz jeglicher Kontrolle durch den Internationalen Währungsfonds entziehen darf, solange sich die Staatsmänner dieser Welt nicht auf internationale Finanzmarktregeln einigen können.

Das wird nie so weit kommen, sonst verlieren sämtliche Offshore-Plätze der Welt ihren Glanz und damit ihr Geld. Ganze Volkswirtschaften, wie zum Beispiel die von Großbritannien, der USA, Niederlande, Singapur, Malaysia und so weiter würden zusammenbrechen. Die Trusts werden oft von holländischen und englischen Rechtsanwälten verwaltet. Die beauftragen die Unternehmen, mit dem Geld zu investieren. Das Geld ist gewaschen und läuft mit riesigen Gewinnen wieder an die Investoren zurück.

Die ganze moralische Verkommenheit der europäischen Wirtschaft und deren Politiker lässt sich am besten daran messen, mit wem sie ihre Geschäfte betreiben. Kein Despot ist zu schmutzig, kein Diktator kann verbrecherisch genug sein, keine Kleptokratie korrupter, als dass die westlichen Banken, die Wirtschaft und die Politiker nicht unter ständiger Betonung einer immerwährenden Freundschaft ihre Geschäfte mit ihnen betreiben.

Und deshalb ist das ganze verlogene Geschwätz von der Mahnung zur Einhaltung der Menschenrechte die pure Heuchelei! Wenn man gerne glauben mag, dass nur Despoten und Kleptokraten sich an ihre Sessel und Macht klammern oder jahrelang eine Politik gegen den erklärten Willen ihres Volkes betreiben, so irrt der deutsche Michel.

1. Die westlichen Demokratien, die die Menschenrechte wie eine Monstranz vor sich hertragen, stützen diese Despoten, weil sie hervorragende Geschäfte mit ihnen machen.

2. Laut einer Studie der OSCE und des IWF gehören in der Zwischenzeit etwa ein Drittel aller westlicher Unternehmen eben diesen Kleptokraten, die eine unappetitliche Melange mit den Geldern aus dem burmesischen Dreieck, mit der 'Ndrangheta, mit der Cosa Nostra und mit der sizilianischen Mafia eingehen.

3. Ohne die Blutgelder der Kleptokraten und Mafiosi könnten die bankrotten Staaten Europas einschließlich der USA ihre wertlosen Schatzbriefe und Anleihen gar nicht am Markt platzieren.

4. Die afghanische Oligarchie, die Warlords und die Drogenbarone legen ihre schmutzigen Gelder hier in den westlichen Demokratien an.

5. Eben diese Staatsverbrecher werden bei ihren Besuchen in den westlichen Demokratien mit militärischen Ehren und großem Pomp empfangen und gehätschelt. Es gibt nur noch wenige Despoten dieser Welt, die nicht schon das Wachbataillon der Bundeswehr vor der Waschmaschine in Berlin abgeschritten wären. Nicht wenige empfingen das Bundesverdienstkreuz!

6. Eben diese Staatsverbrecher werden von uns mit Waffen, Gütern aller Art und, wenn es sein muss, auch mit militärischer Hilfe gestützt.

Wenn man dann noch die lauwarmen Kommentare der westlichen Regierungen zu Ägypten, Libyen, dem Jemen und Syrien hört, dann werden die Zusammenhänge klar und deutlich! Man muss sich nur die Berichterstattung der Hofschranzen der deutschen Politik ansehen. Neulich wurde ein Brennpunkt in der ARD gesendet, der auf das Jämmerlichste getragen war von der Sorge um die derzeitigen Machthaber in Ägypten, Syrien, Jordanien, Irak, Jemen und vor allem um die korrupten Despoten in den ölexportierenden Ländern.

Die Menschrechte, die Folter, die Verbrechen der Despoten, die schamlose Bereicherung am Elend der geknechteten Bevölkerung durch diese Politverbrecher fand keinen Raum in der Berichterstattung. Klar, die Sorge gilt den Despoten.

Wir machen Geschäfte mit ihnen und waschen ihr Blutgeld. Nun fürchten wir um die Geschäftsbeziehung und machen uns Sorgen um unsere Geschäftspartner. Nicht auszudenken, wenn plötzlich eine rechtsstaatliche Bürgerrechtsbewegung an die Macht käme, die das gestohlene Geld zurückfordern, die Aktien der deutschen Unternehmen verkaufen und all das Blutgeld wieder in ihrer Heimat reinvestieren würde. Wer soll denn dann noch die Anleihen der bankrotten Demokratien des Westens zeichnen?

Ergo machen sich nun auch so mancher westliche Politiker und so manche Medien Sorgen. So und nicht anders muss diese oft jämmerliche Berichterstattung in einigen dieser Medien gesehen werden.

Es kommt der Tag, da wird sich wenden
Das Blatt für uns, er ist nicht fern.
Da werden wir, das Volk, beenden
Den großen Krieg der großen Herrn
Die Händler, mit all ihren Bütteln
Und ihrem Kriegs- und Totentanz
Sie wird auf ewig des g'meinen Manns
Es wird der Tag, doch wann er wird
Hängt ab von mein und deinem Tun
Drum wer mit uns noch nicht marschiert,
der mach' sich auf die Socken nun!
(Bertold Brecht)

Kapitel 7

Das Töten geht weiter

Kürzlich hatte der Deutsche Bundestag, der sich ja als Vertreter des deutschen Volkes bezeichnet, über die Verlängerung des Einsatzes der Bundeswehr in Afghanistan zu beschließen. Wie die Entscheidung ausging, dürfte für niemanden eine Überraschung sein. Natürlich hat die überwiegende Mehrheit der Parlamentarier wider besseren Wissens f ü r die Verlängerung des Mandates gestimmt. Interessant waren lediglich deren unterschiedliche Begründungen:

CDU/CSU: Diese Parteien hätten auch für einen Einmarsch der Bundeswehr im Irak gestimmt, wenn sie damals an der Regierung gewesen wären. Uns allen ist die Ergebenheit von Frau Dr. Merkel zum amerikanischen Präsidenten George W. Bush noch lebhaft in Erinnerung. (Originalton Merkel am 8.2.2003: „Die Bedrohung durch Massenvernichtungswaffen ist real"). So wird also auch die CDU/CSU-Bundestagsfraktion ohne jeden Skrupel für den dümmsten Krieg seit der Erfindung des Schießpulvers stimmen. Daran wird es wohl keinen berechtigten Zweifel geben.

FDP: Dass diese Partei nur der Wurmfortsatz der oben erwähnten Partei ist, dafür hat sie mit ihrer Entpersonalisierung selbst gesorgt. Sie besteht nur noch aus Westerwelles, aus glatten Figuren, die wir eher in den Zockerbuden der Investmentbanker vermuten würden. Die Bürgerrechtspartei eines Theodor Heuss, eines Thomas Dehler, eines Karl-Herrmann Flachs, eines Walter Scheel, eines Burkhard Hirsch und eines Gerhard Baum hat sich abgeschafft und wird bald dort landen, wo sie hingehört, im Orkus der Geschichte! Keine Frage, auch diese nichtsnutzige Partei hat für diesen sinnlosen Krieg in Afghanistan gestimmt.

SPD: Die Partei hatte sogar das Logo zu diesem Krieg erfunden. „Die Sicherheit Deutschlands wird am Hindukusch verteidigt", tönte der ehemalige Oberstadtdirektor von Osnabrück, Kriegsdienstverweigerer und Bundesverteidigungsminister Dr. Peter Struck einst. Nun ist aber jedem Bundesbürger aufgefallen, dass bis heute noch keine Panzerarmeen der Taliban in Lindau oder in Potsdam gesichtet wurden.

Ergo machen sich in dieser Partei Zweifel breit. Das ehrt sie. Doch diese Zweifel haben eine lange Tradition in der SPD. Sie hatte schon Zweifel, den Kriegsanleihen von Wilhelm II. zuzustimmen, stimmte aber zu! Sie hatte schon Zweifel, das Reichswehrministerium in der Weimarer Republik zu übernehmen, ließ aber ihren Parteigenossen Noske wüten wie den schlimmsten Rechtsreaktionär. Die SPD hat einige semantische Verrenkungen gemacht, zum Schluss hat sie auch für die Verlängerung des Afghanistan-Einsatzes gestimmt!

DIE GRÜNEN: Diese an und für sich pazifistische Partei hat ihre Unschuld schon am Balkan verloren und wird, sie ist quasi politisch defloriert, um ihre Wähler nicht allzu sehr zu verprellen, eine zutiefst verachtenswerte Haltung einnehmen. Sie wird sich der Stimme enthalten! Eine Partei, die sich in einer der elementarsten Fragen der deutschen Politik einfach heraushält?

DIE LINKEN: Sie werden dagegen stimmen, weil dies momentan der Stimmung in der Bevölkerung entspricht. Ob das nur Machtkalkül oder ehrliche Überzeugung ist, wird schwer zu beurteilen sein. Stimmen die Meldungen von Wikileaks, so hat Gregor Gysi ja auch nur so zum Spaß für den Austritt aus der NATO plädiert. Also ist Vorsicht angebracht.

Und was macht die deutsche Bevölkerung? Schenkt man den Meinungsumfragen Glauben, dann soll angeblich eine große Mehrheit der deutschen Bürger g e g e n den Einsatz der Bundeswehr in Afghanistan sein. Kann man das glauben? Wenn doch eine große Mehrheit gegen diesen Wahnsinn ist, wo sind dann diese Bürger? Demonstrieren sie zu Millionen auf Deutschlands Straßen? Brennen die Barrikaden, bricht ein Streik aus, oder rufen sogar die Gewerkschaften zu Massenstreiks auf? Umstellen hunderttausende von Deutschen den Reichstag, zünden Kerzen für den Frieden an, gibt es Friedensmärsche? NEIN! Der deutsche Bürger ist dagegen, sitzt im Fernsehsessel und mault!

Und so können diese angeblichen Volksvertreter zu Recht davon ausgehen, dass sie den Willen der deutschen Bevölkerung durchsetzen, in dem sie für die Verlängerung des Afghanistan-Einsatzes stimmen.

Und das Sterben der Zivilbevölkerung und der Soldaten in Afghanistan geht im Namen des deutschen Volkes weiter!

Mutter, wozu hast du deinen aufgezogen?
Hast dich zwanzig Jahr' mit ihm gequält?
Wozu ist er dir in deinem Arm geflogen,
und du hast ihm leise was erzählt?
Bis sie ihn dir weggenommen haben.
Für den Graben, Mutter, für den Graben.
(Kurt Tucholsky)

Kapitel 8

Die Totengräber Europas

Über hundert Millionen Tote und ein unbeschreibliches Leid und Elend haben der Chauvinismus und der Hass der Völker Europas im 20. Jahrhundert gekostet. GENUG, sagten sich aufrechte Männer nach dem Schrecken des Zweiten Weltkrieges und setzten sich zusammen, um ein Papier zu entwickeln, das bahnbrechend für ein vereintes Europa werden sollte.

Im Jahre 1950 wurden die Römischen Verträge geschlossen, im Jahre 1953 folgte die Menschenrechtserklärung, die bis heute die Grundlage eines Zusammenlebens der Völker in Frieden und Freiheit gewährleistet. Es wurde ein europäischer Gerichtshof, ein Cour européenne des droits de l'homme, ein Europäisches Parlament, eine nicht demokratisch legitimierte Kommission in Brüssel gegründet, die alles in allem viel mehr erreicht haben, als die Väter Europas je erwartet hatten. Die Grenzen wurden durch das Abkommen von Schengen eingerissen, die Reisefreiheit der Völker Europas wurde eingeführt. Sogar eine gemeinsame Währung erhielt Europa, den Euro.

Und bei dieser Einführung des Euro wurden entscheidende Fehler gemacht. Man nahm alle damaligen Mitglieder in diese Eurozone auf, ohne genau zu prüfen, was das für nationalökonomische Auswirkungen für die Länder haben würde und ob sie überhaupt die Maastricht-Kriterien erfüllen. Es gab keine europäische Wirtschaftsregierung oder wenigstens eine ökonomische Koordination der Europäischen Gemeinschaft. Ohne eine einheitliche Sozial-, Wirtschafts-, Gesellschafts- und Rechtsordnung funktioniert nun aber keine gemeinsame Währung.

Es war eine politische Entscheidung, die schwachen Länder in die Eurozone aufzunehmen. Die nicht demokratisch legitimierte EU-Kommission und die Politiker der Mitgliedsländer beschlossen die Einführung des Euro. Diese Kommission und die Politiker Europas sind aber alles Mögliche, bloß keine Kaufleute oder gar Nationalökonomen. Es sind Juristen, Soziologen, Philologen, Politologen, Physiker, Theologen und Beamte, die sich anmaßen, eine der größten Wirtschaftsmächte der Welt führen zu können. Sie könnten nicht einmal eine Würstchenbude auch nur eine Woche führen, ohne bankrottzugehen.

Deutschland hat am stärksten von der Einführung des Euro profitiert. Es produzierte mit Billiglöhnen ohne einen gesetzlichen Mindestlohn wie fast alle Partner in der EU auf Teufel komm raus zu Preisen, die niemand mehr unterbieten konnte und überschwemmte die EU mit ihren Waren und Waffen.

Dadurch entstand ein gigantischer Außenhandelsbilanzüberschuss, der zulasten der ärmeren Länder ging. Die nationalen Volkswirtschaften von Portugal, Spanien, Italien und Griechenland halten diesem deutschen Wirtschaftsdruck nicht länger stand. Wenn Deutschland Obst, Oliven, Schafskäse und Salate billiger in die deutschen Filialen großer Supermarktketten in den südeuropäischen Ländern liefern kann, als der einheimische Bauer, dann verelendet Südeuropa unter dem Handelsdruck Deutschlands.

Und nun kommen die amerikanischen Ratingagenturen ins Spiel. Wie Aasfresser kreisen sie über den maroden Volkswirtschaften Südeuropas. Wie haben die Politiker getönt nach der

Finanzmarktkrise? Sie wollten die Banken regulieren, sie wollten eine Finanzmarkttransaktionssteuer einführen, ja sie wollten sogar eine eigene europäische Ratingagentur eröffnen, um nicht länger von den Zockerlaunen der amerikanischen Ratings abhängig zu sein. Was ist daraus geworden? Nichts!

Stattdessen werden hilflos immer neue Milliardenhilfsprogramme aus dem Boden gestampft, um den Staatsbankrott der Südeuropäer abzuwenden. Mit der Sorgfalt eines ordentlichen Kaufmanns hat das alles wenig zu tun. Wie auch? Die Politiker sind ja keine Kaufleute, sie haben noch nie etwas von Milton Friedmann oder John Maynard Keynes gehört oder gelesen.

Wie kann man diesen Europäern helfen? Durch Ausschluss aus der EU? Durch Wiedereinführung zum Beispiel der Lira, der Pesos und der Drachme? Durch große Sparpakete, die die Rezession der Länder noch verstärken? Durch chauvinistisches Gewäsch der deutschen Kanzlerin, dieses faule Pack solle mehr arbeiten, weniger Urlaub machen und später in Rente gehen? Das ist alles volkswirtschaftlicher Unsinn, unsäglich dumm, menschlich niederträchtig und sachlich falsch!

Was diese Länder brauchen, ist ein Abbau des deutschen Außenhandelsbilanzüberschusses durch gesetzliche Mindestlöhne in Deutschland, ein zehnjähriges Schuldenmoratorium und einen europäischen Marshallplan zur Wiederankurbelung ihrer Volkswirtschaften. Dies alles begleitet mit sinnvollen Sparmaßnahmen, Repatriierung von Fluchtgeldern, einer strengen europäischen Bankenaufsicht und einer europäischen Ratingagentur.

Wer heute so großkotzig über die Südeuropäer herzieht und sich wie kleine spießige Krämerseelen aufspielt, der hat nichts verstanden von der großartigen Idee der Gründerväter Europas.

Ein Europa des Friedens, der Freiheit, der Gleichheit und der Brüderlichkeit unter den Völkern!

*Merke: Es gibt Untaten
über welche kein Gras wächst.*
(*Johann Peter Hebel*)

Kapitel 9

Zeitenwende

Weit über zweihundert Jahre sind seit der französischen Menschenrechtserklärung vergangen. Es war eine Zeit der Aufklärung, der Irrungen und Wirrungen, der Kriege, der Völlerei, der Armut, der Kolonialisierung, der blutigen Niederschlagung von Freiheitsbewegungen, der Ausbeutung von Menschen und Ressourcen, des Rassenhasses, der Überheblichkeit, der Säkularisierung, des Luges und Betruges, der Zerstörung und der vergebenen Chancen.

Besonders die Kolonialmächte Frankreich, Belgien und England haben große Schuld auf sich geladen. Zunächst knechteten sie zahlreiche Länder, dann, als dies nicht mehr opportun war, entließen sie ihre Kolonien in eine sogenannte Scheinselbstständigkeit, mischten aber nach wie vor bei der Sicherung ihrer Ressourcen und der Besetzung der Statthalter durch ihre Geheimdienste kräftig mit. Wenn es sein musste, auch mit roher Gewalt, mit Putschen, Umstürzen, Mord, Totschlag und Korruption.

Bis vor wenigen Monaten noch fühlten sich die Industrienationen mit der ewigen Ausbeutung der Ressourcen der afrikanischen und arabischen Welt sicher. Man machte gute Geschäfte mit den Despoten von unseren Gnaden. Man hätschelte sie, man hofierte sie, man pflegte einen guten gesellschaftlichen Umgang mit ihnen. Man nahm ihre Marotten und ihre Morde an der eigenen Bevölkerung in Kauf und wurde somit zum Mitwisser, wenn nicht sogar zum Mittäter.

Man kaufte die von ihnen ihrer Bevölkerung geraubten Bodenschätze, wusch ihr Blutgeld in der heimischen Wirtschaft und verkaufte ihnen Waffen, Atomkraftwerke, Staudämme, Prestigeobjekte und unsere mit Milliarden Subventionen auf Billigniveau heruntergedumpten Agrarprodukte, wodurch die Bauern in Afrika noch ärmer wurden, weil sie mit unseren Lebensmittelpreisen nicht mehr konkurrieren konnten.

Um unser Gewissen zu beruhigen, spenden wir für die notleidenden Kinder der Dritten Welt. Wir hätten ihnen nur anständige Preise für ihre Bodenschätze bezahlen müssen und die Markenfabrikanten durch Konsumentenstreiks dazu zwingen müssen, die Arbeit für unsere Schuhe und Kleider menschenwürdig zu entlohnen, dann müsste kein Kind verhungern. Im Moment verhungert alle zehn Sekunden ein Kind in der sogenannten Dritten Welt. Daran tragen die Industrienationen und unser Konsumverhalten die alleinige Schuld!

Gerne sah man es, wenn die Despoten ihre gestohlenen Blutgelder in unsere heimische Industrie investierten, sich ihre luxuriösen Feriensitze hier bauen ließen, unsere maroden Banken retteten und unsere Staatsanleihen kauften, die sonst kein Mensch mehr haben wollte, weil unsere Staaten nach allen betriebswirtschaftlichen Gesichtspunkten konkursreif sind.

Nun ist ein neues Zeitalter angebrochen. Ausgerechnet die viel gepriesene Globalisierung des Handels brachte eine „unangenehme" Nebenerscheinung mit sich. Was die Missionare nie geschafft hatten, was Zeitungen und die Despoten stets zu unterdrücken wussten, nämlich der freie Informationsfluss, schafften moderne Kommunikationssysteme wie Internet, Facebook und Twitter.

Die Welt horchte auf. Die geknechteten Menschen in Afrika und Arabien kommunizieren mit der ganzen Welt und sind nun auf dem neuesten Stand der Informationen. Sie erkennen, was ihnen stets von ihren Despoten vorenthalten wurde: die Freiheit der Meinungsäußerung.

Vor allem die gebildete Mittelschicht und die junge Intelligenz wollen nun teilhaben an den Früchten der Freiheit, der freien Meinungsäußerung und des geregelten und existenzsichernden Einkommens. Zaghafte erste Versuche, diese Segnungen der Menschenrechte einzufordern, wurden noch wenig von ihren Despoten beachtet oder mit den üblichen Mechanismen von Gewalt, Folter, Mord oder einer korrumpierten Justiz im Keim erstickt.

Die Industrienationen nahmen dieses Rumoren, diese Rufe nach Freiheit nicht zur Kenntnis und führten bis in die jüngste Zeit ihre Geschäfte mit ihren Despoten fort. Sie hatten sich an die scheinbare politische Stabilität, die ihnen die Machthaber garantierten, gewöhnt.

Sie hatten sich an die jahrzehntelangen Mechanismen des Handels, des Gebens und Nehmens und an die in der Zwischenzeit alt gewordenen, harten Diktatoren gewöhnt. Sie empfanden nichts mehr dabei, mit Massenmördern, Folterern, Menschenrechtsverletzern zu dinieren und gute Geschäfte zu machen.

Doch die Jugend der Welt gibt keine Ruhe mehr. Sie twittert weiter um die Welt, sie dürstet nach Informationen und nach der Freiheit. Mit friedlichen Mitteln fordert sie ihre Rechte ein und verjagt zuerst in Tunesien den omnipotenten Trabelsi-Clan, der bis vor wenigen Monaten noch von Frankreich hofiert wurde. Die sanfte Yasmin-Revolution war geboren. Die Jugend erkannte, dass sie gegen die omnipotenten Militärmachthaber keine Chance hatte. Sie besann sich auf Mahatma Ghandi, der das englische Weltreich mit Gewaltlosigkeit in die Knie zwang. Dieser demonstrativen Gewaltlosigkeit hatten die nur auf Gewalt und Waffen fixierten Diktatoren nichts entgegenzusetzen.

In Tunesien und Ägypten mussten sich die Despoten, samt ihres Gewaltapparats, dem Willen des Volkes beugen und dankten ab. Tunesien und Ägypten ermutigten die Menschen auch in anderen geknechteten Ländern. Kluge Herrscher wie die Könige von Marokko und Jordanien haben die Zeichen der Zeit verstanden und sind dabei, ihre verkrusteten Herrschaftsstrukturen zu modernisieren. Weitere Despoten werden diesem Beispiel folgen oder von der Geschichte hinweggefegt werden.

Die Industrienationen stehen den epochalen Umwälzungen ratlos, kopflos, führungslos und hilflos gegenüber. Zunächst taktierten sie und warteten ab. Sie konnten ihren Bürgern nicht erklären, warum sie noch bis vor wenigen Wochen mit diesen Massenmördern an einem Tisch saßen. Taktik, Zynismus und der unbedingte Wille, ihre Geschäftsfreunde und die notwendigen Ressourcen zu beschützen, beherrschten ihr Handeln.

Dann erkannten manche Staatsführer, dass diese Bewegung unumkehrbar ist. Sie entschieden sich unter dem Hohngelächter ihrer zynisch gewordenen Bürger zum menschlichen, politischen und nun auch militärischen Beistand. Manche Staatsführer wähnen sich besonders schlau, wenn sie erst einmal abwarten und sich der Stimme enthalten, um zu sehen, wie das Experiment **Menschenrecht** ausgehen würde.

Während sich die geknechtete Jugend gegen die Politverbrecher, Despoten und Kleptokraten erhebt, taumelt der Westen hilflos zwischen der Angst, ihren Geschäftspartner zu verlieren und dem unüberhörbaren Ruf nach Freiheit. Die westlichen Demokratien versagen jämmerlich mit ihrer scheinheiligen These „Der Despot oder der Gottesstaat". Dass dies eine Schutzbehauptung der Profiteure dieser Despoten ist, sieht der Zuschauer jeden Tag im Fernsehen.

Die jugendliche Intelligenz und die bürgerliche Mittelschicht will k e i n e n islamischen Gottesstaat nach iranischem Vorbild, sondern Freiheit! Bei freien und geheimen Wahlen unter der Aufsicht von UN-Beobachtern würde die Muslimbruderschaft in Ägypten nicht einmal auf 30 Prozent kommen. Die Ägypter sind zwar mehrheitlich Muslime lehnen jedoch den islamistischen Gottesstaat mit seiner Scharia, der noch im Mittelalter lebt, rundweg ab.

Die letzten Zuckungen des ägyptischen Regimes waren das Aufgebot von entlassenen Verbrechern aus den Gefängnissen, von Polizisten in Zivil und von verkleideten Geheimdienstlern der Regierung Mubarak. Hier von einer Konterrevolution zu sprechen, ist eine gequälte Rabulistik der Presse des Westens.

Das Schlimmste, was die westlichen Demokratien fürchten, ist ihre eigene Desavouierung, da sie bis vor wenigen Monaten diesen Politverbrechern noch mit Küsschen in Berlin, Paris und London den Hof gemacht hatten. Das zweitschlimmste Szenario für den Westen wäre, wenn die Bürgerrechtsbewegungen siegen würden und die gestohlenen Blutgelder, allein aus Ägypten sind es 40 Milliarden Dollar, aus der westlichen Wirtschaft abgezogen und in die heimische Wirtschaft investiert würden.

Nur so ist das zögerliche Handeln der EU und der europäischen Staaten zu erklären. Lieber malen sie das unrealistische Szenario eines Gottesstaates an die Wand, um das eigene Volk zu verwirren. Ein schändliches Treiben!

Diese Taktierer, Zauderer, Pazifisten und Zyniker werden die Verlierer der Zeitenwende sein. Lassen Sie uns alle die wahrscheinliche kurze Zeit des Wiedererwachens der Menschenrechte genießen. Vielleicht hält sie ja eine Generation an?

Die Staatslenker, die meinen, besonders schlau zu sein, indem sie sich fein heraushalten aus dieser Erneuerung der Menschenrechte, wird die Geschichte hinwegfegen. Sie verraten jede Moral für einen kurzfristigen, kleinbürgerlichen Vorteil. Ihre Zeit läuft gerade ab. Und dies nicht nur in Afrika, Asien, Arabien, sondern auch in Europa. Die Zukunft gehört den Menschenrechten und der Gerechtigkeit!

„Die Reiche der Zukunft
sind die Reiche des Geistes!"
(Winston Spencer Churchill)

Kapitel 10

Wie lange noch?

Wie lange noch wird Deutschland von einer Kaste regiert, die elementare Entscheidungen der Politik gegen den erklärten Willen der Mehrheit der Bevölkerung trifft?

Wie lange noch werden sechs Millionen Arbeitsplätze vom Steuerzahler subventioniert? Ist es nicht vielmehr Aufgabe der Unternehmer, die Löhne der Mitarbeiter zu bezahlen? Sie sind sehr wohl in der Lage dazu, wie man an den sprudelnden Gewinnen der Betriebe und Konzerne sieht. Schaut ihre Bilanzen an!

Wie lange noch ist Deutschland ein Billiglohnland und der Schlachthof Europas, wo im Akkord für Dumpinglöhne und unter menschunwürdigen Arbeitsbedingungen Massenprodukte für die Lebensmittelindustrie produziert werden?

Wie lange noch können Lebensmittelpanscher dioxinverseuchtes Futter an die Mastbetriebe verkaufen? Warum werden solche Futtermittelfabriken nicht auf der Stelle geschlossen, versiegelt und ihnen die Betriebsgenehmigung entzogen? Warum sitzt ein solch verantwortungsloser Unternehmer nicht in Untersuchungshaft?

Wie lange noch wird eine Agrarindustrie mit Milliarden von Euro vom Staat subventioniert, die es sich zum Ziel gemacht hat, möglichst schnell und möglichst billig zu produzieren. Dabei werden Mastbetriebe mit bis zu 80.000 Schweinen hochsubventioniert, während ökologisch verantwortlich arbeitende Betriebe klein gehalten werden. Ist denn nicht bekannt, dass Prozent aller Agrarsubventionen an 20 Prozent der Mastfabriken ausbezahlt werden?

Wie lange noch leisten wir uns eine solche Überproduktion von Agrarprodukten, für die in Europa gar kein Markt da ist?

Wie lange noch stützen wir mit Milliardenbeträgen eine außer Rand und Band geratene Finanzindustrie, die uns alle mit ihrer maßlosen Geldgier und ihrer teilweise kriminellen Energie in den Abgrund reißen wird?

Wie lange noch duldet ihr Deutschen, dass die Politiker wochenlang darüber feilschen, ob die Ärmsten der Armen etwa fünf Euro mehr Unterstützung erhalten können und sich trotzdem noch an den Suppenküchen der Wohlfahrtsverbände erniedrigen müssen?

Wie lange noch feiert die deutsche Industrie ihre Exporterfolge, die sie sich mit Billiglöhnen erkauft hat? Und wo sind die deutschen Gewerkschafter, die dies alles aus ihren Limousinen und wohlgeheizten Vorstandsetagen mit ansehen?

Wie lange noch wird die Deutsche Bahn, die dem deutschen Volk gehört, dazu missbraucht, Haushaltslöcher in Höhe von 500 Millionen Euro zu stopfen, anstatt ihre Kunden preiswert, sicher, bequem und pünktlich von a nach b zu befördern? Warum will die Deutsche Bahn bei einer Verschuldung von zwölf Milliarden Euro für drei Milliarden Euro ein englisches Busunternehmen kaufen, obwohl das Geld dringend in die Renovierung der Züge und des Schienennetzes investiert werden müsste?

Die DB ist ein Unternehmen der Daseinsvorsorge und hat sich nicht als Globalplayer aufzuspielen.

Wie lange noch werden grundgesetzwidrige Kriege in fernen Ländern gegen den erklärten Willen der Mehrheit des deutschen Volkes geführt?

Wie lange noch werden es die Deutschen mit ansehen, dass trotz überschäumender Konjunktur immer mehr Schulden aufgenommen werden? Seht ihr nicht, dass die Lohnstückkosten für einen Politiker zu hoch sind?

Wie lange noch werden die Bürger mit ansehen, wie gegen ihren Willen Endlager mit radioaktivem Müll „erprobt" werden, obwohl jedermann weiß, dass diese „Erprobung" eine semantische Verballhornung ist.

Wie lange noch dürfen ehemalige Minister, Ministerpräsidenten und ausgemusterte Politiker in den Unternehmen Aufsichtsratsposten bekleiden, die mit dem Bau von Stuttgart 21 und anderen Staatsaufträgen beauftragt werden?

Wie lange noch, ihr deutschen Bürger, lasst ihr euch dieses ganze himmelschreiende Unrecht gefallen? Wann steht ihr aus euren Fernsehsesseln auf, schaltet eure Computer ab und geht endlich auf die Straßen, um diesem Spuk ein Ende zu bereiten?

Wie lange noch wollt ihr Deutschen von den elementarsten Grundregeln einer Demokratie ausgeschlossen bleiben?

Wie lange noch wollt ihr es hinnehmen, dass man euch eine Verfassung verwehrt?

Wie lange noch wollt ihr es hinnehmen, dass Deutschland nicht einmal die elementarsten Anforderungen an die Menschenrechtsrechterklärung von 1953 erfüllt: die Gewaltenteilung zwischen Exekutive, Legislative und Judikative?

Wie lange noch wollt ihr Deutschen ein Gottesstaat sein, der von den Kirchen dominiert wird? Das ist grundgesetzwidrig! Das Grundgesetz schreibt die Trennung von Kirche und Staat vor!

Wo, ihr deutschen Bürger, seid ihr, wenn es darum geht, eure Bürgerrechte zu verteidigen und euer Recht als Bürger einzufordern? Habt ihr Deutschen keine Straßen, auf denen ihr für eure Rechte demonstrieren könnt?

Hört endlich auf, euch wie devote Untertanen zu benehmen, die dem Staat zu gehorchen haben. Ihr habt niemandem zu gehorchen außer eurem Gewissen! Der Staat, das seid ihr! Die Politiker sind eure Angestellten! Sie haben euch zu gehorchen!

Wie lange noch wollt ihr das alles noch hinnehmen? Ihr müsst die euch entrissene Macht zurückerobern. Solidarität, Bürgersinn und Zivilcourage sind gefordert.

Kämpft für Freiheit, Demokratie, Menschenrechte und soziale Gerechtigkeit! Zum ersten Mal in der Geschichte Deutschlands müsst ihr für eure Demokratie kämpfen. Das ist ungewohnt. Nehmt euch an den friedlichen Protesten in anderen Ländern ein Beispiel! Bleibt friedlich, leistet nur passiven Widerstand! Nur so könnt ihr etwas erreichen! Gebt den Mächtigen nicht den geringsten Vorwand, auf ihre Repressionsinstrumente zurückzugreifen und eure berechtigten Anliegen zu desavouieren.

Wehrt Euch endlich, sonst werden eure Kinder eines Tages auf eure Gräber spucken, wenn sie feststellen müssen, welches Erbe ihr ihnen hinterlassen habt.

> *„Wer nicht handelt, wird behandelt."*
> *(Willy Brandt)*

Kapitel 11

Die Bürger Deutschlands fordern eine Verfassung!

1. Der Bundespräsident wird von den deutschen Bürgern in einem Volksbegehren aufgefordert, gemäß Artikel 146 des Grundgesetzes eine verfassungsgebende Versammlung einzuberufen.

2. Der Bundespräsident hat diesem Volksbegehren zu entsprechen, anderenfalls ist er vor dem Bundesverfassungsgericht anzuklagen und gemäß Artikel 61 GG Absatz 2 seines Amtes für verlustig zu erklären.

3. Der Bundespräsident fordert die sechzehn Bundesländer auf, je dreißig Kandidaten zur verfassungsgebenden Versammlung vorzuschlagen.

4. Die vorgeschlagenen Kandidaten haben alle gesellschaftlichen Schichten ihres Bundeslandes zu vertreten.

5. Die Kandidaten dürfen in den letzten zehn Jahren kein politisches Amt innegehabt haben und haben wirtschaftlich unabhängig zu sein. Sie müssen dies den Bürgern ihres Bundeslandes offenlegen.

6. Die Kandidaten stellen sich einer eingehenden Befragung der Bürger.

7. Innerhalb einer Frist von drei Monaten haben die Wahlen für die Kandidaten der verfassungsgebenden Versammlung stattzufinden. Jeder wahlberechtigte Bürger hat eine Stimme.

8. Gewählt werden aus allen Bundesländern am selben Tag je zehn Mitglieder der verfassungsgebenden Versammlung in geheimer und freier Wahl. Gewählt sind diejenigen zehn Kandidaten, die unter den zur Wahl stehenden dreißig Kandidaten je Bundesland die meisten Stimmen auf sich vereinigen konnten.

9. Die gewählten Mitglieder der verfassungsgebenden Versammlung arbeiten an einem geheimen Ort, ohne Zugang der Öffentlichkeit, der amtierenden Politiker, der Parteien oder deren Vertreter, der Medien, der Wirtschaft, der Industrie, des Kapitals oder des Klerus.

10. Nach sechsmonatiger Beratung haben die Mitglieder der verfassungsgebenden Versammlung eine neue Verfassung ausgearbeitet.

11. Der Sprecher der verfassungsgebenden Versammlung stellt die neue Verfassung allen Deutschen vor. Jeder Haushalt bekommt eine Ausfertigung des Textes der Verfassung.

12. Nach weiteren drei Monaten stimmt das ganze deutsche Volk über die Annahme oder Ablehnung der Verfassung ab.

13. Ist die neue Verfassung vom deutschen Volk durch Volksentscheid angenommen worden, so tritt sie am selben Tag in Kraft. Das Grundgesetz verliert am selben Tag seine Gültigkeit.

14. Alle amtierenden Parlamentarier, Minister, Ministerpräsidenten Kanzler, der Bundespräsident und sämtliche politischen Beamte, Bundesrichter, Bundesverfassungsrichter, Bundesanwälte, Generalstaatsanwälte sind ab dem Tag des Inkrafttretens der Verfassung der Bundesrepublik Deutschland nur noch geschäftsführend im Amt.

15. Sie führen ihre Amtsgeschäfte solange fort, bis das ganze deutsche Volk in freien und geheimen Wahlen über die Zusammensetzung der Organe des Bundes und der Länder neu entschieden hat.

16. Die Parteien sind aufgelöst, ihr Vermögen wird eingezogen.

„Verärgerte Bürgerliche
sind noch lange keine Revolutionäre."
(Kurt Tucholsky)

Kapitel 12

Die deutsche Verfassung

Präambel

Deutschland ist Bestandteil eines vereinten Europa in Freiheit, Gleichheit, Brüderlichkeit, der Achtung der Menschenrechte, der Gewaltenteilung, des Verständnisses, der Freundschaft und des Friedens aller Menschen. Die Menschenrechtserklärung zu den europäischen Verträgen von Rom im Jahre 1953 bilden die Grundlagen unseres Handelns, Seins und ewigen Bestrebens.

I. Grundrechte

1. Die Würde des Menschen ist unantastbar. Sie zu achten und zu schützen ist Verpflichtung von jedermann. Die Unversehrtheit von Leben, Leib und Geist sowie die Freiheit sind das höchste Gut der Menschen und bedürfen des besonderen Schutzes des Staates und seiner Bürger.

2. Das Deutsche Volk bekennt sich darum zu unverletzlichen und unveräußerlichen Menschenrechten als Grundlage jeder menschlichen Gemeinschaft, des Friedens, der Gerechtigkeit und der Solidarität in Deutschland und in der Welt. Es steht unverbrüchlich auf der Seite der Schwächeren, der Geknechteten, der Gefolterten und ächtet all diejenigen Staaten, die sich nicht an diese Grundsätze halten. Die Vollstreckung der Todesstrafe ist ein besonders

verabscheuungswürdiges Staatsverbrechen. Der Export von Waffen aller Art ist generell untersagt. Deutschland ist ein sozialer Rechtsstaat.

3. Der in dieser Verfassung festgeschriebene Geist der Achtung der Menschenrechte und der Menschenwürde bildet die Grundlagen eines friedlichen Zusammenlebens der Menschen. Diese Grundrechte binden alle Mandatsträger, Gesetzgeber, vollziehende Gewalt und Rechtsprechung als unmittelbar geltendes Recht.

4. Jeder hat das Recht auf die freie Entfaltung seiner Persönlichkeit, soweit er nicht diese Verfassung oder die Rechte anderer verletzt.

5. Alle Menschen sind vor dem Gesetz gleich. Niemand darf wegen seines Geschlechtes, seiner Abstammung, seiner Herkunft, seiner Rasse, seiner sexuellen Orientierung, seines Glaubens, seiner religiösen oder politischen Anschauungen benachteiligt oder bevorzugt werden. Die Freiheit des Glaubens, des Gewissens, der religiösen oder weltanschaulichen Bekenntnisse sind unverletzlich.

6. Jeder hat das Recht, seine Meinung in Wort, Schrift und Bild frei zu äußern und zu verbreiten und sich aus allgemein zugänglichen Quellen ungehindert zu bedienen. Die Pressefreiheit und die Freiheit der Berichterstattung in allen bekannten Formen der Medien sind ein unverbrüchliches hohes Gut. Eine Zensur findet nicht statt. Kunst, Wissenschaft und Lehre sind frei. Der Artikel 6 der Verfassung entbindet nicht von der Treue zur Verfassung. Eine Konzentration von Medien und Presseorganen in wenigen Konzernen ist nicht gestattet.

7. Ehe, Familie und Lebensgemeinschaften stehen unter dem besonderen Schutz der staatlichen Ordnung. Pflege und Erziehung der Kinder sind das alleinige Recht der Eltern. Gegen den Willen der Eltern dürfen deren Kinder nur von der Familie getrennt werden, wenn die Erziehungsberechtigten versagen und ihrer Fürsorgepflicht nicht nachkommen. Die unehelichen Kinder sind den ehelichen Kindern gleichgestellt. Niemand darf die Adoption eines Kindes aufheben, es sei denn, das adoptierte Kind bedroht das Leben seiner Adoptiveltern. Jedes adoptierte Kind hat das Recht, Auskunft über seine wahre Herkunft zu verlangen und zu erhalten.

8. Das gesamte Schulwesen, die fortführenden Schulen, die Gymnasien, die Hochschulen und Universitäten unterstehen der Aufsicht des Bundes. Das Recht auf Einrichtung privater Bildungseinrichtungen ist gewährleistet.

9. Jeder Bürger Deutschlands hat das Recht, sich ohne Anmeldung oder Erlaubnis friedlich und ohne Waffen überall zu versammeln. Bei diesen Versammlungen darf jeder Bürger von seinem Recht auf freie Meinungsäußerung Gebrauch machen. Die Versammlungen der Bürger unterliegen dem besonderen Schutz des Staates.

10. Alle Bürger haben das Recht, auf ihre eigenen Kosten Vereine, Gesellschaften, Kirchen, religiöse Glaubensgemeinschaften oder Parteien zu gründen, solange sie die verfassungsmäßige Ordnung respektieren.

11. Das Brief-, Post- und Fernmeldegeheimnis sind unverletzlich. Beschränkungen dürfen nur in besonderen Ausnahmefällen von einem Richter beim Verdacht einer schweren

Straftat angeordnet werden. Ein eventuell anderslautendes erlassenes Gesetz ist nichtig.

12. Alle Deutschen haben das Recht, Beruf, Arbeitsplatz und Arbeitsstätte frei zu wählen. Er muss zur Ausübung seines Berufes eine geeignete Qualifikation nachweisen. Die Mitgliedschaft in einem Berufsverband, Innung, einer Zunft oder Standesverein ist nicht erforderlich.

13. Die Wohnung ist unverletzlich. Nur in besonderen Ausnahmefällen darf ein Richter bei Verdacht auf eine schwere Straftat dieses Grundrecht vorübergehend außer Kraft setzen.

14. Das Eigentum und das Erbrecht sind gewährleistet. Eigentum verpflichtet. Sein Gebrauch soll zugleich dem Wohle der Gemeinschaft dienen. Eine Enteignung ist nur in sehr engen Grenzen zum Wohle der Allgemeinheit zulässig. Grund, Boden und Einrichtungen, die der Daseinsvorsorge dienen, müssen in das Eigentum des Staates überführt werden und sind dort zu belassen.

15. Die deutsche Staatsangehörigkeit darf nicht entzogen werden. Ein Deutscher darf nicht an ein Drittland ausgeliefert werden. Politisch Verfolgte genießen Asylrecht. Der Asylsuchende steht unter dem besonderen Schutz des Staates und erhält alle Bürgerrechte, die in dieser Verfassung verankert sind.

16. Jedem Bürger steht das Petitionsrecht zu. Er kann sich jederzeit ohne Einhaltung von Formen und Fristen bei den Organen des Bundes oder der Regionen beschweren. Er hat auch das Recht, sich Gleichgesinnte für sein Anliegen

zu suchen und einen Volksentscheid über grundsätzliche Fragen des deutschen Gemeinwesens, der Außen- und Innenpolitik herbeizuführen. Findet er eine einfache Mehrheit der Wahlberechtigten, dann ist das Ergebnis des Volksentscheides für die Organe des Staates rechtlich bindend. Sie haben den Willen des Volkes zu respektieren und innerhalb einer angemessenen Frist umzusetzen. Der plebiszitäre Charakter der Demokratie geht schon aus dem Zustandekommen dieser Verfassung hervor. Der Bürger ist das oberste Entscheidungsorgan des Landes. Jeder Amtsträger hat den Willen des Volkes zu respektieren.

17. Bei grundsätzlichen Fragen des Zusammenlebens der Bürger, elementaren Entscheidungen über die Zukunft oder die Entwicklung des Landes, Auslandseinsätze der Bundeswehr, Abtretung von Souveränitätsrechten an Europa, Neuaufnahme von Staaten in die Europäische Union haben die Organe des Staates die verfassungsmäßige Pflicht, einen Volksentscheid herbeizuführen, der rechtlich bindend ist.

18. Deutschland ist ein laizistischer Staat. Staat und Kirchen sind unabhängig. Die Kirchen und Religionsgemeinschaften sind selbstständig und haben sich in Eigenverantwortung zu verwalten, organisieren und zu finanzieren. Laizitätsgebot: Niemand darf in öffentlichen Einrichtungen Zeichen seiner Glaubenszugehörigkeit oder weltanschauliche Insignien tragen oder zur Schau stellen.

19. Gewaltenteilung: Die Judikative, die Legislative und die Exekutive sind unabhängig voneinander. Die Justiz organisiert sich in eigener demokratischer Verantwortung und Selbstverwaltung. Sie ist niemand außer der Verfassung und den Gesetzen verantwortlich. Jeder Versuch der Einflussnahme

auf Organe der Rechtspflege sind Verbrechen gegen die verfassungsmäßige Ordnung und als solche zu sanktionieren. Die Justiz gibt sich eine Justizverfassung, eine Finanzverwaltung, eine Disziplinarordnung und eine Dienstgerichtsbarkeit.

20. Die Polizeiinstitutionen des Bundes und der Regionen sind die Exekutive des Staates. Sie handeln nach den Gesetzen des Staates. Sie sind nicht weisungsabhängig außerhalb der gültigen Gesetze, ihrer eigenen Disziplinarordnung, ihrer Polizeiverfassung, ihrer Finanzverwaltung und ihrer Dienstgerichtsbarkeit. Jeder Versuch einer Einflussnahme auf die Entscheidungen der Polizei sind Verbrechen gegen die verfassungsmäßige Ordnung und als solche zu sanktionieren.

21. Die Legislative des Bundes und der Regionen sind die direkt gewählten Vertreter des Volkes. Sie unterwerfen sich höchsten Ansprüchen an persönlicher Integrität, Loyalität zu den Gesetzen des Staates und haben ihre Einkünfte und eventuelle Zugehörigkeit zu Gemeinschaften oder Interessenverbänden für jedermann sichtbar jährlich einmal offenzulegen. Die Bestechung oder Vorteilsannahme eines Mitgliedes ist ein Verbrechen gegen die verfassungsmäßige Ordnung des Staates und wird entsprechend sanktioniert.

22. Die Amtsträger des Bundes und der Regionen sind in geheimer und direkter Wahl von den Bürgern zu wählen. Sie können für eine zweite Legislaturperiode wiedergewählt werden. Jeder Amtsträger muss sich vor seiner Vereidigung einer Befragung durch einen Untersuchungsausschuss der Parlamente unterziehen und hat sämtliche Ereignisse seines Lebens, Beschäftigungsverhältnisse und Einkünfte offenzulegen. Verweigert der Untersuchungsausschuss die

Bestellung des Amtsträgers, dann kann er sein Amt nicht antreten. Der Amtsträger wird für seine Dienste für den Staat bezahlt, sorgt jedoch für seine Krankenversicherung und Rentenansprüche selbst.

II. Organe und Rechte der Regionen

1. Alle Macht geht vom Bürger aus. Er ist der Souverän. Seine Rechte aus dieser Souveränität sind unverletzlich. Er hat das erste und das letzte Wort im Staate. Sie wird vom Volke in direkten Wahlen und Abstimmungen und durch besondere Organe der Gesetzgebung, der vollziehenden Gewalt und der Rechtsprechung ausgeübt. Die Gesetzgebung ist an die verfassungsmäßige Ordnung gebunden.

2. Deutschland ist eine Gemeinschaft der Regionen, die sich zu einem Bundesstaat zusammengeschlossen haben.
   A. Hamburg, Schleswig-Holstein, Mecklenburg-Vorpommern
   B. Niedersachsen, Bremen
   C. Berlin, Brandenburg
   D. Sachsen, Sachsen-Anhalt
   E. Nordrhein-Westfahlen
   F. Hessen, Thüringen, Rheinland-Pfalz, Saarland
   G. Bayern
   H. Baden-Württemberg

3. Die Bürger der Regionen wählen an ein und demselben Tag in ganz Deutschland ihre Regionalparlamente und ihre Regionalpräsidenten in freier, geheimer und direkter Wahl. Der Regionalpräsident wählt zur Bewältigung seiner Arbeit

Regionalräte aus und schlägt sie zur Wahl dem Regionalparlament vor.

4. Jedes Mitglied eines Regionalparlamentes oder eines Regionalrates muss gleichzeitig Bürgermeister einer Kommune sein, um die Basisnähe der Amtsträger sicherzustellen.

5. Um ihre Interessen vertreten zu können, können die Bürger auch Parteien und Fraktionen, Vereinigungen und Verbände gründen. Diese Parteien, Fraktionen, Vereinigungen und Verbände finanzieren sich nur durch ihre Mitgliederbeiträge. Spenden sind verboten.

6. Dic Regionen haben die Steuerhoheit. Sie erheben Steuern, die einheitlich für das gesamte Bundesgebiet Gültigkeit haben.
   1. 18 % für alle Waren einschließlich Finanztransaktionen der Banken und Versicherungen. Für Kindernährmittel gilt der ermäßigte Steuersatz von 5 %.
   2. Einkommens- und Lohnsteuer gestaffelt nach dem Einkommen:
      a) Bis 30.000 Euro Familieneinkommen pro Jahr fällt keine Steuer an.
      b) Bei 30.001-50.000 Euro Familieneinkommen pro Jahr fällt eine Steuer von 15 % an.
      c) Bei 50.001-80.000 Euro Familieneinkommen pro Jahr fällt eine Steuer von 20 % an.
      d) Bei 80.001-100.000 Euro Familieneinkommen pro Jahr fällt eine Steuer von 25 % an
      e) Bei 100.001-300.000 Euro Familieneinkommen pro Jahr fällt eine Steuer von 30 % an.
      f) Bei 300.001-500.000 Euro Familieneinkommen pro Jahr fällt eine Steuer von 40 % an.

- g) Bei Familieneinkommen zwischen 500.001 - 1.000.000 Euro pro Jahr fällt eine Steuer von 50 % an.
- h) Bei Familieneinkommen von über eine Million Euro erhebt der Staat neben einer Einkommenssteuer von 50 % zusätzlich eine Vermögenssteuer auf Einkommen und Kapitalvermögen von 10 % pro Jahr.
3. Für die Nachlassvermögen wird eine Erbschaftssteuer nach dem Wert des Kapitalvermögens und des geschätzten Verkehrswertes der Immobilien ab einem Gesamtnachlassvermögen von 1.000.000 Euro in Höhe von 25 % fällig. Unterhalb dieser Bemessungsgrenze fällt keine Erbschaftssteuer an.
4. Alle Steuersätze werden jährlich dem Lebenshaltungsindex und der Inflationsrate angeglichen. Maßstäbe für diese Angleichung sind die Erhebungen der Bundesbank.
5. Die Kommunen haben das Recht, unterschiedliche Gewerbesteuersätze zu erheben und können damit in Wettbewerb zueinander treten.
6. Für den Bund erheben die Regionen eine einheitliche Bundessteuer, die sich nach der kameralistischen Buchführung und Haushaltsplanung des Bundes richtet.
7. Jeder Bürger deutscher Nationalität ist in Deutschland mit seinem Welteinkommen steuerpflichtig, egal wo er seinen Wohnsitz hat.
8. Ausnahmeregelungen, Subventionen, Steuererleichterungen in Einzelfällen gibt es nicht. Es gilt das Prinzip der Klarheit, Wahrheit, Einfachheit und Transparenz der Steuerverwaltung.
9. Jede Region entsendet in freien, geheimen und direkten Wahlen zehn vom Volk gewählte integre Persönlichkeiten in die zweite Kammer des Bundestages, die sich den Namen SENAT gibt.

10. Aufgaben der Regionen:
   1. Verwaltung und Dienstaufsicht der Kommunen
   2. Steuerverwaltung der Bürger
   3. Finanzverwaltung der Region
   4. Stellung der Schutzpolizei als vollziehende Gewalt
   5. Daseinsvorsorge der Bevölkerung
   6. Fürsorge für Notleidende
   7. Arbeitsvermittlung
   8. Sozialhilfe und Fürsorge für sozial Schwache
   9. Jugendfürsorge
   10. Einrichtung von Kindertagesstädten in den Kommunen

III. Organe und Rechte des Bundes

1. **Der Bundestag:** Die Parlamentarier werden in freier, geheimer und direkter Wahl von allen wahlberechtigten Bürgern gewählt. Wählbar ist jeder Deutsche nach Vollendung des 25. Lebensjahres und dem Nachweis seiner wirtschaftlichen Unabhängigkeit und Unbescholtenheit. Wahlberechtigt ist jeder Deutsche ab dem 16. Lebensjahr. Die Zahl der Abgeordneten richtet sich nach der Wahlbeteiligung. Der Abgeordnete ist für fünf Jahre gewählt und kann sich einmal zur Wiederwahl stellen. Er hat seine Vermögungsverhältnisse, sein Einkommen sowie Mitgliedschaften in Vereinen, Verbänden oder Unternehmen öffentlich zu machen. Für seine Tätigkeit als Parlamentarier wird er entlohnt und erhält eine Aufwandsentschädigung. Für seine Kranken- und Rentenversorgung hat er selbst Sorge zu tragen. Pensionsansprüche an den Staat ergeben sich nicht aus seiner Abgeordnetentätigkeit. Er entscheidet frei nur seinem Gewissen folgend. Ein Fraktionszwang ist ein sanktionsbedürftiger Eingriff in

seine parlamentarische Unabhängigkeit. Der Abgeordnete darf keine Gelder, Geschenke oder geldwerte Vorteile von Dritten annehmen, sonst macht er sich einer Straftat im Amt schuldig. Er hat freien und ungehinderten Zugang und ein Einsichtsrecht bei sämtlichen Behörden, Ministerien und Einrichtungen des Bundes.

2. **Der Präsident und Regierungschef:** Die Bürger wählen in freier, geheimer und direkter Wahl am Tage der Parlamentswahlen für den Bundestag und den Senat ihren Präsidenten, der auch Regierungschef ist. Seine Amtszeit ist begrenzt auf fünf Jahre. Er kann sich einmal zur Wiederwahl stellen. Der Präsident entscheidet im Rahmen der ihm vorgegebenen Verfassung über die Richtlinien der Politik.

3. Der Präsident und Regierungschef bestimmt zur Ausübung seiner ihm übertragenen Pflichten folgende Minister:
    a) Außenminister – Entwicklungshilfeminister
    b) Verteidigungsminister
    c) Bildungsminister – Bauminister
    d) Finanz- und Wirtschaftsminister
    e) Gesundheits- und Sozialminister
    f) Kanzleramts- und Informationsminister
    g) Innenminister – Verkehrsminister
    h) Justizminister – Verfassungsminister

4. Aufgaben des Außenministers sind die Vertretung Deutschlands in der Welt, in den Organisationen der UNO und Europas und ist Koordinator der Entwicklungshilfe.

5. Aufgaben des Verteidigungsministers ist das Kommando und die Aufsicht, Befehls- und Kommandogewalt der Streitkräfte, die sich wie folgt gliedert:

a) Ein unbewaffnetes Friedenscorps für humanitäre Dienstleistungen am Volke, in Alters- und Pflegeheimen, Krankenhäusern, sozialen Einrichtungen und bei Naturkatastrophen. Jeder Deutsche hat nach Vollendung des 18. Lebensjahres einen einjährigen Dienst im Friedenscorps abzuleisten. Die Besoldung und Versorgung richtet sich nach dem Soldatengesetz. Das Friedencorps ist nicht kaserniert, aber militärisch organisiert und uniformiert.

b) Eine bewaffnete Einheit der Bundeswehr steht zu friedenssichernden Maßnahmen im Rahmen von Blauhelmeinsätzen der UNO zur Verfügung. Der Dienst der Soldaten in einer UN-Friedenstruppe der Bundeswehr ist freiwillig. Einen Militärgeheimdienst hat die Bundeswehr nicht.

c) Handlungen, die geeignet sind und in der Absicht vorgenommen werden, das friedliche Zusammenleben der Völker zu stören, insbesondere die Führung von Angriffskriegen, die Besetzung von Staaten ohne einen Blauhelmauftrag der UNO, sind verfassungswidrig. Für einen Verstoß gegen dieses Verfassungsgebot hat sich der Verantwortliche vor einem Strafsenat für Verbrechen von Politikern des Bundesverfassungsgerichtes zu verantworten. Er ist hart zu bestrafen und verliert im Falle eines Schuldspruches alle seine Ämter.

6. Der Bildungsminister ist verantwortlich für eine bundeseinheitliche Ordnung der Schulen, deren Bau, die Bereitstellung von Lehrkräften, die Verwaltung und die Bestellung von Professoren für Schulen, Gymnasien, Hochschulen und Universitäten. Die Lehrpläne und Prüfungsbedingungen sind bundeseinheitlich zu regeln.

7. Der Finanz- und Wirtschaftsminister verwaltet die von den Regionen eingezogenen und dem Bund überlassenen

Bundessteuern nach dem Prinzip äußerster Sparsamkeit und den Grundsätzen der Sorgfalt eines ordentlichen Kaufmanns. Er stellt den Haushaltsplan für die mittelfristige Finanzplanung auf.

a) Er hat jährlich seinen ausgeglichenen Haushaltsplan dem weisungsunabhängigen Rechnungshof zur Testierung vorzulegen. Verweigert der Rechnungshof das Testat, so ist der Finanz- und Wirtschaftsminister gehalten, einen neuen verfassungskonformen Haushalt aufzustellen. Subventionen gleich welcher Art werden nicht gewährt.

b) Beanstandet der Rechnungshof Fälle von Geldverschwendung, so hat der Finanzminister die Pflicht, ein Amtshaftpflichtverfahren gegen den Verursacher der Verschwendung von Steuermitteln vor dem Bundesdisziplinarhof einzuleiten.

c) Der testierte Haushalt wird im Bundestag beraten, verabschiedet und dann dem Senat zur Zustimmung vorgelegt.

d) Er führt einen gesetzlichen Mindestlohn für alle Arbeitskräfte in Höhe von mindestens 10 Euro netto pro Stunde ein.

e) Er hat die Außenhandelsbilanzüberschüsse zu begrenzen und gemäß der Verfassung das Verbot des Exportes von Waffen jeder Art zu überwachen. Er ist verantwortlich für eine sozial gerechte Finanzpolitik, die den Schutz der Würde der Armen, Kranken, Behinderten und sozial Schwachen zum Staatsziel erhoben hat.

8. Der Gesundheits- und Sozialminister ist verantwortlich für die Versorgung der Bürger und gewährleistet ein Leben aller Menschen in Würde, sozialer Sicherheit und Respekt.

a) Jeder Deutsche, egal ob er Angestellter, Freiberufler, Unternehmer, Abgeordneter, Polizist, Richter, Staatsanwalt oder Mandatsträger ist, hat gestaffelt nach seinem Einkommen einer gesetzlichen Krankenversicherung beizutreten und seine Beiträge zu entrichten. Die gesetzliche Krankenversicherung garantiert eine ärztliche Grundversorgung. Will der Bürger einen höheren Standard der Krankenversorgung, kann er sich zusätzlich freiwillig privat versichern.

b) Jeder Deutsche, egal ob er Angestellter, Freiberufler oder Unternehmer, Abgeordneter, Polizist, Richter, Staatsanwalt oder Mandatsträger ist, hat gestaffelt nach seinem Einkommen in die gesetzliche Rentenversicherung einzubezahlen.

c) Jeder Mensch, der sich in Deutschland aufhält, hat Anspruch auf ein würdiges Leben und eine Gesundheitsversorgung. Deutschland ist sozial gerecht gegenüber jedermann.

9. Der Kanzleramt- und Informations- Staatminister hat Kabinettsrang und Stimme im Kabinett. Er bereitet die Entscheidungen der Regierung vor und informiert als alleiniger Sprecher der Regierung die Öffentlichkeit.

10. Der Innenminister ist für die innere Sicherheit der Bürger verantwortlich. Ihm unterstehen:
    a) Die Bundespolizei
    b) Das Bundeskriminalamt mit seinen Kriminalaußenstellen in den Regionen, und seinen eingegliederten Abteilungen des Verfassungsschutzes, die eine Abteilung des BKA ist.
    c) Der Bundesnachrichtendienst.
    d) Der Zoll
    e) Die Flugsicherung
    f) Der Verkehr

11. Der Justizminister hat Gesetzesinitiativen zu erarbeiten, dem Kabinett und dem Parlament zur Beratung und Abstimmung vorzulegen. Er hat die Unabhängigkeit und Selbstverwaltung der Justiz, der Gerichte und Staatsanwaltschaften zu gewährleisten und deren Finanzbedarf im Haushaltsplan einzustellen. Eine Einsicht in Justizakten, laufende Verfahren, ein Weisungsrecht gegenüber Richtern und Staatsanwälten hat der Justizminister nicht. Sollte er gegen diesen Verfassungsgrundsatz verstoßen, wird er vor dem Strafsenat des Bundesverfassungsgerichts angeklagt und seines Amtes enthoben. Er hat auch über die Wahrung und Einhaltung der Verfassung zu wachen. Stellt er Verstöße bei Amtsträgern fest, so hat er die dem Strafsenat des Verfassungsgerichtes anzuzeigen.

12. Ein Organ des Bundes ist der Untersuchungsausschuss des Bundestages. Er hat jederzeit das Recht zusammenzutreten und jeden Bürger, Parlamentarier oder Amtsträger gemäß dem Gerichtsverfassungsgesetz vorzuladen, zu vereidigen und zu vernehmen. Folgt der Vorgeladene diesen Weisungen nicht, so hat der Vorsitzende des Untersuchungsausschusses das Recht, polizeiliche Maßnahmen gemäß der Strafprozessordnung (StPO) einzuleiten.

13. Organ des Bundes ist der Wehrbeauftragte. Er wird für die Zeit der Legislaturperiode vom Parlament gewählt und erstattet regelmäßig Bericht über die Streitkräfte. Er ist nicht weisungsabhängig und nicht weisungsbefugt.

14. Organ des Bundes ist das Bundesverfassungsgericht. Die Richter am Bundesverfassungsgericht werden in freier, geheimer und direkter Wahl von allen wahlberechtigten Deutschen für eine einmalige Amtszeit von 12 Jahren gewählt.

Dessen Strafsenat ist zuständig für Verbrechen von Amtsträgern.

15. Organ des Bundes ist die zweite Kammer des Parlamentes, der Senat. Er hat dem vom Parlament erlassenen Gesetz zuzustimmen oder es abzulehnen und zur Neuberatung an das Parlament zurückzuverweisen. Stimmt der Senat dem Gesetz zu, dann hat er es zu seiner Wirksamkeit zu verkünden.

16. Organ des Bundes ist der Bundesrechnungshof, dessen Präsident in geheimer freier und direkter Wahl vom ganzen deutschen Volk für eine einmalige Dienstzeit von 12 Jahren gewählt wird.

17. Organ des Bundes ist der Bundesdisziplinarhof. Die Richter dieses Gerichtshofes werden in freier, geheimer und direkter Wahl vom ganzen deutschen Volk für eine Amtszeit von 12 Jahren gewählt. Sie sind zuständig für alle Dienstvergehen von Amtsträgern und Amtshaftpflichtverletzungen.

IV. Schlussbestimmungen

1. Alleiniger Regierungssitz des Bundes und Hauptstadt Deutschlands ist Berlin.

2. Das Berufsbeamtentum ist abgeschafft.

3. Die Ausführungsbestimmungen zur Verfassung regeln die Gesetze der Regionen und des Bundes.

4. Bundesgesetze haben Vorrang vor den Gesetzen der Regionen und gelten für ganz Deutschland, sofern sie nicht den

Gesetzen der Regionen zuwiderlaufen. Der Senat überwacht die Übereinstimmung der Bundesgesetze mit den Gesetzen der Regionen und vermeidet Interessenkollisionen. Meinungsverschiedenheiten zwischen den Regionen und dem Bund werden im Senat geschlichtet.

5. Die deutsche Fahne trägt die Farben schwarz-rot-gold.

6. Die Nationalhymne ist die Ode an die Freude von Ludwig van Beethoven.

7. Änderungen dieser Verfassung oder deren Abschaffung bedürfen eines Volksentscheides der deutschen Bürger mit einer Mehrheit von Zweidritteln aller Wahlberechtigten.

8. Die Philosophie dieser Verfassung soll in allen Emblemen staatlicher Organe Deutschlands deutlich sichtbar sein:

Dignum et justum est
(Es sei Würde und Recht)

Weitere Titel der Edition BOD

ISBN: 9783844836615, 14,90 €

»Ich hatte größtes Vergnügen bei dieser süffigen Lektüre.«
Vito von Eichborn

ISBN: 9783844899634, 16,90 €

»Ich wurde gefesselt und habe eine Menge gelernt.«
Vito von Eichborn

ISBN: 9783844892727, 10,90 €

»Diese bedeutenden und geistreichen Frauen machen neugierig, ein sehr kluges Buch.«
Vito von Eichborn

ISBN: 9783844890891, 7,90 €

»Diese Geschichten sind rundherum prallvoll mit Leben.«
Vito von Eichborn

Bücher für Entdecker

Mit BoD™ haben Autoren die Möglichkeit, ihr eigenes Buch risikolos zu veröffentlichen. Debütanten, etablierte Autoren und engagierte Verleger nutzen die Publikationsdienstleistung von BoD und bereichern den Buchmarkt mit interessanten und außergewöhnlichen Titeln.

Um herausragende BoD-Titel besonders hervorzuheben, wurde 2006 die Edition BoD ins Leben gerufen. Zudem konnte Vito von Eichborn, einer der innovativsten Buchmacher Deutschlands, als Herausgeber gewonnen werden. Mit seinem Gespür für Trends und neue Schreibtalente sucht er jeden Monat ein außergewöhnlich gutes Buch aus der Vielzahl an BoD-Titeln aus. Dieses muss ihn inhaltlich sowie sprachlich so überzeugen, dass er den Titel für besonders erfolgsversprechend hält.

Stöbern Sie durch die Reihe der Edition BoD unter
www.bod.de/edition-vito-von-eichborn.html

Bibliografische Information der Deutschen Bibliothek:
Die Deutsche Bibliothek verzeichnet diese Publikation in der Deutschen Nationalbibliografie; detaillierte Daten sind im Internet über <http://dnb.ddb.de> abrufbar.

© 2013 Rainer Kahni
www.monsieurrainer.com

Satz, Umschlaggestaltung, Herstellung und Verlag:
BoD – Books on Demand, Norderstedt

ISBN: 978-3-7322-1404-4